박정수 판타지 장편소설
FANTASYSTORY & ADVENTURE

뱀파이어
무림에 가다

10

dream
books
드림북스

뱀파이어 무림에 가다 10

초판 1쇄 인쇄 / 2015년 3월 20일
초판 1쇄 발행 / 2015년 3월 27일

지은이 / 박정수

발행인 / 오영배
책임편집 / 편집부
펴낸 곳 / (주)삼양출판사 · 드림북스

주소 / 서울시 강북구 도봉로 173
대표 전화 / 02-980-2112 팩스 / 02-983-0660
편집부 전화 / 02-980-2116 팩스 / 02-983-8201
블로그 / blog.naver.com/dreambookss

등록번호 / 제9-00046호
등록일자 / 1999년 3월 11일

ⓒ 박정수, 2015

값 8,000원

ISBN 979-11-313-0133-3 (04810) / 978-89-542-5304-8 (세트)

* 지은이와 협의하에 인지는 생략합니다.
* 잘못된 책은 구입한 곳에서 바꾸어 드립니다.

이 도서의 국립중앙도서관 출판시도서목록(CIP)은
서지정보유통지원시스템홈페이지(http://seoji.nl.go.kr)와
국가자료공동목록시스템(http://www.nl.go.kr/kolisnet)에서 이용하실 수 있습니다.
(CIP제어번호: 2015008399)

뱀파이어
무림에 가다

박정수 판타지 장편소설

FANTASYSTORY & ADVENTURE

10

Vampire

dream
books
드림북스

Contents

뱀파이어
무림에 가다
Vampire

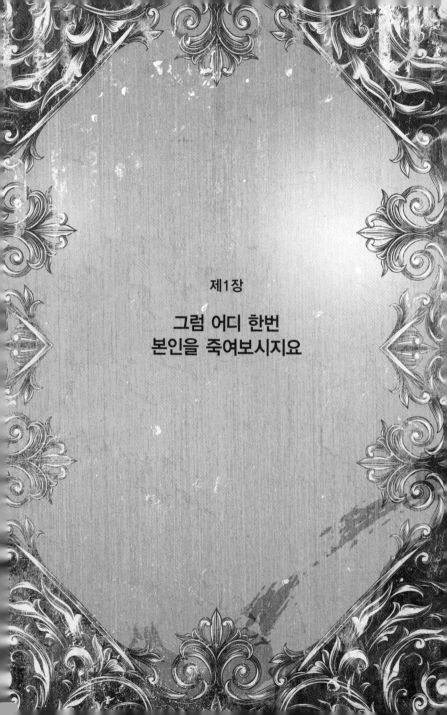

제1장

**그럼 어디 한번
본인을 죽여보시지요**

척살하려던 야현이 눈앞에 서 있건만 빙후의 눈은 그에게로 향하지 않았다. 아니, 못했다.

북해빙궁의 시작이자 근원이며, 그 누구도 범접할 수 없는 만년빙정이 사라졌다. 그리고 북해 얼음의 땅에 어울리지 않는 훈풍이 그녀의 머리카락을 훑으며 지나가고 있다.

믿기지 않는 장면과 바람에.

눈동자가 요동쳤다.

불신으로 가득 찬 심상 빈틈으로 태청단에 심어둔 혈기

가 파고들었다.

은은한 두통을 느낀 탓일까?

빙후는 미간을 찌푸리더니 눈을 감고 세차게 머리를 흔들었다.

파직!

야현에게만 들리는 파음이 빙후에게서 만들어졌고, 다시 눈을 뜬 빙후의 눈에는 혈기 기운이 없었다. 오히려 부릅뜬 눈으로 시선을 옮겨 잡아먹을 듯 야현을 노려보고 있었다.

차가우면서도 정명한 기운이 느껴졌다.

태청단의 기운을 무리 없이 온전히 흡수한 모양이었다.

그로 인해 그녀의 내력은 한층 늘어난 상태였고, 그러한 점이 그녀를 자신감에 차게 만든 모양이었다.

같잖은 자신감에 야현의 입가가 삐죽 올라갔다.

"어떻게 된 것이냐!"

경악 반, 노기 반.

빙후의 얼굴은 야차처럼 변해 있었다.

"어떻게 된 것일까요?"

야현은 가볍게 걸어가 빙후 앞에 섰다.

사사사삭!

그러자 빙후 뒤에서 대기하고 있던 폭설대, 한풍대, 설풍대 무인들이 대주들의 은밀하고도 빠른 명에 야현을 에워쌌다.

"흐음?"

야현은 그런 행동을 가볍게 일견하고는 다시 빙후를 내려다보았다.

그리고는 히죽 웃음을 지었다.

"히익!"

빙후는 살쾡이처럼 날카로운 소리를 내뱉고는 소보(小步)로 진각을 밟으며 야현의 가슴으로 일장을 내질렀다.

팡!

묵직한 충격에 어깨가 뒤로 튕기며 야현이 뒤로 두어 걸음 밀려났다.

쐐애애애애액!

그런 야현의 등 뒤로 십여 자루의 검이 날카롭게 베어왔다.

야현은 몸을 틀어 회전하며 왼손을 휘저었다.

화르르르르륵!

그러자 땅바닥을 뚫고 시뻘건 불덩이가 튀어나와 북해빙궁 무인들의 검을 틀어막았다.

"협!"

"허억!"

곳곳에서 경악성이 터져 나왔다.

야현은 불의 장막을 병풍 삼아 등에 지며 왼쪽 어깨에 내려앉은 얼음을 털어냈다.

"서, 설마."

믿을 수 없는 장면에 빙후의 목소리가 떨렸다.

"남해태양궁의 종자더냐?"

놀란 눈도 잠시, 빙후는 더욱 매서운 눈매로 검을 뽑아들며 야현을 향해 검을 내질렀다. 야현은 몸을 틀어 목을 베어오는 빙후의 검을 피했다.

사각!

그녀의 검날은 피했지만, 발검과 동시에 피어난 시퍼런 냉기를 담은 강기는 미처 피하지 못한 터라 목에 가는 혈선이 그어졌다.

"이런."

탱—

야현은 눈살을 슬쩍 찌푸리며 손등으로 빙후의 검을 튕기듯 쳐냈다.

"살아서 돌아갈 생각은 버려라!"

빙후는 앙칼진 노성을 터트리고는 더욱 거세게 야현의

목을 향해 검을 휘둘렀다.

"……?"

검날이 목을 파고들어 감에도 불구하고 야현은 몸을 반듯하게 세우며 자신을 바라보는 것이 아닌가. 미치지 않고서야 검을 피해야 하는 것이 정상이다.

그러나 그녀가 미처 느끼지 못하는 것이 있었으니 그건 바로 그녀 자신의 눈동자였다.

"크크크."

야현의 눈이 핏빛으로 젖어들었고, 아울러 빙후의 동공에도 부서졌다고 여겼던 혈기가 다시 피어난 것이었다.

그리고 그 혈기는 빙후의 머리를 일순간 잠식해 버렸다.

권능, 절대적 지배.

쐐애애―

단숨에 베어버릴 것만 같던 빙후의 검이 야현의 목 바로 앞에서 멈췄다.

마치 무형의 막에 가로막힌 것처럼.

"……!"

그러나 어떤 것에 가로막혀서가 아니었다.

검이 세워진 이유는 바로 그녀의 몸이 야현을 목을 베는 것을 거부했기 때문이었다.

"차핫! 히잇!"

빙후는 몇 번이나 날카롭게 검을 휘둘렀지만, 거짓말처럼 야현의 몸을 벨 수 없었다.

"요망한 사술마저 쓰는구나!"

믿을 수 없는 현실에 빙후는 뒤로 한 걸음 물러나,

쑤아아아앙!

검을 다시 크게 휘둘렀다.

툭!

역시나 기세 좋게 내려 찍히던 검 역시 야현의 머리 위에서, 머리카락 한 올 베지 못하고 멈췄다.

"어, 어찌……. 어찌하여."

야현은 그런 빙후를 향해 웃음과 함께 송곳니를 드러냈다.

쑤아아악!

그러한 사실을 알지 못하는 세 명의 대주는 빙후를 돕기 위해 전장으로 뛰어들었다.

대주들이 만들어낸 매서운 파공성에 야현은 물 흐르듯 발을 놀려 빙후 뒤에 섰다.

그리고 미소와 함께 날카로운 손톱으로 그녀의 목을 움켜잡았다.

"큭!"

빙후는 목으로 파고드는 날카로운 고통에 이를 악물었다.

아울러 여차하면 빙후의 목이 뜯겨나갈 수 있기에 야현의 후미를 노렸던 세 명의 대주는 황급히 검을 거둘 수밖에 없었다.

"한빙관이 왜 저렇게 바뀌었는지 물어보셨지요?"

야현은 뒷덜미를 간질이듯 빙후의 귀에 속삭였다. 그러나 그 소리가 작지 않아 세 명의 대주뿐만 아니라 야현을 포위하고 있는 북해빙궁의 무인들도 들을 수 있었다.

"알려드리지요."

야현을 향해 미세하지만 조금씩 거리를 좁혀오던 움직임이 딱 멈췄다.

"그 이유는."

모두가 야현의 입에 귀를 기울였다.

콰직!

"꺽!"

그 순간 짧은 단말마와 함께 빙후의 목이 꺾이며 몸이 아래로 축 늘어졌다. 그녀의 몸은 목각 인형처럼 바닥으로 허물어졌다.

너무나도 충격적인 장면에 침묵이 이어졌다.

"본인이 가질 수 없는 것은 그 누구도 가질 수 없기 때문입니다."

침묵은 야현의 목소리에 깨졌다.

"꺄아아아악!"

지하에 자리한 한빙관으로 내려오는 계단 끝에서 날카로운 절규가 터졌다.

빙소해였다.

야현은 울부짖는 그녀의 눈을 바라보며 다시 입을 열었다.

"이제 남은 것은 북해빙궁이로군요."

고개를 돌려 대주들을 쳐다보며 말을 이었다.

"부디 북해빙궁은 본인이 부수지 않았으면 합니다."

야현은 세 명의 대주를 향해 걸음을 내디뎠다.

"그런데 그대들은 본인에게 검을 들 수 있을지 궁금하군요."

"네놈은 여기서 살아나가지 못하리라!"

폭설대주가 검을 움켜잡으며 큰 걸음을 내디뎠다.

그의 걸음에 맞춰 폭설대가 지독한 살기를 터트리며 거리를 좁혀왔다.

"네놈을 죽여 얼음에 영원히 가둬 주마. 우리의 발아래 박제(剝製)로써."

"네놈의 피로 제단을 꾸미리라!"

복수심에 치를 떨며 한풍대주와 살풍대주가 살심을 뿌렸다.

"그럼 어디 한번."

야현이 양손을 활짝 펼쳤다.

콰드드드드드득!

야현의 주위로, 단단한 장판석을 뚫고 수십, 수백의 얼음 창이 솟구쳐 올랐다.

뾰족한 얼음 창은 마치 살아 있는 뱀처럼 세 명의 대주와 북해빙궁 무인들을 향해 날카로운 이빨을 드러냈다.

"죽여보세요."

"어, 어떻게!"

"서, 설마!"

대주를 비롯한 북해빙궁의 무인들의 입에서 경악성이 터져 나왔다.

"크하하하하하하!"

머뭇거리는 그들의 모습에 야현은 광소를 터트렸다.

『샤아아아아—』

얼음 뱀이 꿈틀거리며 낮게 울음을 터트렸다.

아니, 순수한 얼음으로 만들어진 그것은 뱀이 아닌 창이 니 울음을 터트릴 리 없다. 그러나 꿈틀거리며 위협하는 얼 음 창은 마치 뱀처럼 보였으며, 울음마저 토해내는 듯 느껴 졌다.

카가가각!

야현이 삼각으로 포위하고 있는 세 명의 대주 앞으로 느 리게 걸어 나갔다.

그러자 대주들을 위협하던 얼음 창들이 옆으로 밀려나며 길을 텄다.

야현은 세 명의 대주들 정중앙에서 걸음을 멈췄다.

그리고 양팔을 펼쳐 들었다.

단순한 움직임이었지만 대주들과 북해빙궁 무인들은 움 찔하며 재빨리 두어 걸음씩 물러나고는 다시금 검을 움켜 쥐었다.

그러한 모습에 야현은 피식 웃음을 터트렸다.

그그그그그—

그러한 웃음에 맞춰 그들을 압박하던 얼음 창들은 다시 땅속으로 사라졌다.

"폭설대주."

야현은 중앙에 서 있는 사내, 폭설대주를 불렀다.

그 부름에 폭설대주는 흠칫거렸다.

"한풍대주, 그리고 살풍대주."

야현은 이어 나머지 두 명의 대주들을 불렀다.

그녀들의 반응 역시 폭설대주와 그다지 다르지 않았다.

"자!"

야현은 목을 앞으로 쭉 내밀었다.

"베어보세요. 본인의 목을."

넉살도 좋게 야현은 눈마저 감았다.

휘이이이이이—

그리고 찾아온 침묵, 활짝 열린 한빙관에서 불어오는 미약한 바람만이 유일한 소리였다.

쿵!

묵직한 소리가 적막을 깨트렸다.

"포, 폭설대주!"

"대, 대주님!"

이어 몇몇 외침이 이어졌다.

야현은 활짝 펼친 팔을 거둬 뒷짐을 지며 눈을 떴다.

눈앞에 폭설대주가 무릎을 꿇고 앉아 있었다.

"마, 만년빙정의 주인을…… 뵈옵니다."

폭설대주는 부들부들 떨리는 목소리로 힘겹게 말하며 바닥에 머리를 조아렸다.

야현은 고개를 돌려 나머지 두 대주, 한풍대주와 살풍대주의 눈을 일일이 마주쳤다.

"북해……대군을 뵈옵니다."

살풍대주가 입술을 질끈 깨물더니 무릎을 꿇고 허리를 숙였다.

"……만년빙정의 주인, 북해대군을 뵈옵니다."

"만년빙정의 주인, ……북해대군을 뵈옵니다."

"마, 만년빙정의 주인, 북해대군을 뵈옵니다."

두 대주의 말을 이어받아 폭설대와 살풍대 소속 북해빙궁 무인들 역시 무릎을 꿇고 엎드리며 외쳤다.

비록 그 목소리에 충정은 담기지 않았지만.

어차피 그런 것은 상관없다.

야현은 고개를 돌려 마지막 남은 대주, 한풍대주를 바라보았다.

그녀는 일그러진 얼굴에 몸마저 부들부들 떨고 있었다.

누가 봐도 노여움을 애써 억누르는 모습이었다.

"나는⋯⋯."

한풍대주의 목소리는 나직했다. 그러나 이 자리에 있는 이들 모두 그녀의 목소리를 들을 수 있는 정도로 아주 작은 정도는 아니었다.

"나는!"

한풍대주는 핏발이 선 눈으로 야현을 직시하며 조금 더 큰 목소리로 외쳤다.

"인정하지 못해! 인정하지 못한다고!"

악에 받쳐 소리치는 한풍대주는 내력을 폭사시키며 야현을 향해 빛살처럼 튀어 나갔다.

쑤아아아아앙!

빙(氷)의 검강이 야현의 허리를 베어 들어왔다.

콰곽!

한풍대주의 검이 허리를 베려는 순간, 야현은 그녀의 검을 움켜잡아 버렸다.

"크핫!"

야현은 어금니를 드러내며 일갈을 터트렸다.

푸수수수수슈!

빙의 검강을 움켜잡은 야현의 손에 화염의 강기가 일었

다.

빙의 기운과 화의 기운이 서로 부딪히며 엄청난 수증기를 만들어냈다.

"이—."

한풍대주는 검을 비틀어 야현의 손가락을 잘라버리려 했지만 마치 단단한 바위에라도 박힌 것처럼 움직이지 않았다.

그래서 다시 검을 회수하려 했지만, 그마저도 되지 않았다.

"……!"

내력을 한계점까지 끌어올리는 한풍대주의 눈에 야현의 미소가 보였다.

미소가 드러난 순간, 팽팽하던 균형이 단숨에 무너졌다.

크아아아아—

화염은 한풍대주의 검을 휘감으며 빙의 기운을 완전히 부숴버렸다.

그러나 딱 거기까지였다.

"비록 그대는 본인의 마음에 들지 않지만, 주군을 향한 충심만큼은 인정합니다."

야현은 검을 당겨 한풍대주를 좀 더 가까이 끌어당겼다.

"영광된 죽음을 내리지요."

쾨콱— 푸욱!

얼음 창이 하나가 튀어나와 한풍대주의 가슴을 꿰뚫었다.

"꺼억!"

"고통 또한 최대한 없이."

야현의 말을 끝으로.

쾨과과— 쾨과과— 푸부북!

수십 자루의 얼음 창이 단숨에 한풍대주의 몸을 관통했다.

그녀는 비명 한 번 내지르지 못하고 단숨에 절명하고 말았다.

문제는 그것만이 아니었다.

야현의 몸이 허공으로 반 자 가량 떠올랐다.

그의 몸에서 폭사되던 화염의 열기는 사라지고, 차디찬 냉기로 바뀌었다. 그 냉기는 주변 공기의 수분마저 얼게 하여 야현의 주위로 눈송이가 휘몰아치기 시작했다.

야현의 눈은 바닥에 엎드려 있는 이들을 지나 검을 들고 서 있는 북해빙궁 무인들을 향했다.

"기회는 단 한 번뿐입니다."

카가가가가각!

수백 자루의 얼음 창이 바닥에서 튀어나와 야현의 주위로 떠올랐다.

챙그랑—

엄청난 수의 얼음 창이 위협적으로 파르르 떨자, 다수의 북해빙궁 무인들은 검을 바닥에 떨어뜨리듯 내려놓으며 부복했다.

"부, 북해의 대군을 뵈옵니다."

"……북해의 대군을 뵈옵니다."

"북해의 ……대군을 뵈옵니다."

숨 서너 번 내쉴 정도의 짧은 시간 동안 대략 편이 갈렸다.

쑤아아아아— 퍼버버벅!

수백 자루의 얼음 창은 단숨에 공기를 가르며 날아가 검을 든 채 서 있는 스무 명 남짓한 북해빙궁 무인들의 몸을 꿰뚫었다.

비명조차 없었다.

무인 한 명당 적게는 서너 자루에서 많게는 십여 자루까지 박혀 있었다.

그리고 그 얼음 창은 피조차 흐르지 않게 완전히 얼려버린 것이었다.

"후우―."

야현은 낮고 길게 숨을 내쉬었다.

"폭설대주."

야현은 바닥에 엎드려 있는 폭설대주를 불렀다.

"……예."

그 부름에 폭설대주는 자리에서 일어나 다가와 섰다.

"이들의 시신을 수습해."

"……알겠습니다."

"이왕이면 성대하게 장례 치러줘."

"……?"

폭설대주는 두 눈을 치켜뜨며 야현을 바라보았다.

"왜?"

"아, 아닙니다."

야현의 반문에 폭설대주는 황급히 시선을 아래로 내렸다.

"왜, 의외인가?"

야현은 고개를 돌려 십여 자루의 얼음 창에 찔린 채 얼음 동상처럼 변해버린 한풍대주의 시신을 바라보았다.

당연히 폭설대주의 시선도 그리로 향했다.

"……솔직히 그렇습니다."

"별다른 뜻이 있는 것은 아니야."

"……?"

"본인은 타인의 의지를 존중한다네. 그 의지가 비록 본인의 적을 향한 충심일지라도 존중받아 마땅하다 여기네. 하물며 북해빙궁 전대 궁주를 향한 충심이 아니던가?"

야현은 폭설대주의 어깨를 가볍게 두들기며 말을 이었다.

"가는 길이라도 잘 보내줘. 저승길 섭섭하지 않게."

야현의 몸에서 차가운 냉기가 피어났고, 그 기운은 바닥에 엎드려 있는 이들을 일으켜 세웠다.

"그리고 소궁주 잘 챙겨줘."

그제야 폭설대주는 계단 구석에서 양 무릎에 얼굴을 박고 공포에 젖어 바르르 떨고 있는 빙소해를 바라보았다.

"본인은 이삼 일 정도 있다 올라가도록 하지."

"……"

폭설대주는 뭔가 말을 하려다가 다시 입을 닫고는 군례를 취했다.

"올라가."

야현은 손을 저어 축객령을 내렸다.

그 축객령에 폭설대주는 휘하 수하들을 이끌고 한풍대주를 비롯해 그를 따라 죽은 동료의 시신들을 수습하기 시작했다.

　그그그그극!

　야현은 한빙관 안으로 들어선 후 거대한 문을 닫았다.

　외부와 완전히 단절되자.

　"쿨럭!"

　야현은 검은 피를 토하며 비틀거렸다.

　파자자작!

　이어 손끝에서 차가운 결빙이 맺히기 시작했다.

제2장

어디 한번 싸워봅시다.
서로의 존재를 걸고

파즈즈즈즉!

야현의 손끝에서 얼어붙기 시작한 얼음은 빠르게 야현의 어깨까지 올라왔다.

파작— 후드득!

야현이 미간을 찡그리며 양팔을 털자 얼음은 부서져 바닥으로 떨어져 내렸다. 얼음이 부서져 내린 야현의 손끝은 마치 동상이라도 걸린 듯 푸르죽죽하게 변해 있었다.

퉁!

야현이 오른손을 활짝 펼치자 자그만 얼음 결정체가 툭

튀어나왔다.

만년빙정이었다.

쏴아아아아아!

만년빙정이 모습을 드러내자 훈풍이 돌던 한빙관은 전처럼 매서운 냉기로 가득 찼다.

동시에 야현의 몸이 순식간에 얼음으로 뒤덮이기 시작했다.

야현은 만년빙정을 움켜쥔 후 힘껏 원래 있던 제자리로 집어 던졌다.

크게 포물선을 그리고 날아가던 만년빙정이 뚝 멈췄다.

그리고 작게 파르르 떨더니 빛살처럼 야현에게로 다시 날아갔다.

야현은 가슴 쪽으로 날아오는 만년빙정에 그림자를 이용해 반대편으로 이동했다.

팡!

그러자 만년빙정은 마치 벽에 튕기는 공처럼 허공을 격하며 야현에게로 날아갔다. 문제는 그 속도가 눈으로 좇기 어려울 정도라는 것이었다.

야현은 얼굴을 슬쩍 찌푸리며 다시 그림자를 통해 공간을 넘었다.

그러자 만년빙정은 더더욱 빠르게 야현에게로 날아갔다.

야현은 날아오는 만년빙정을 바라보며 뒤로 빠르게 물러나며 양손을 뻗었다.

콰르르르르르르!

한 자가량이나 되는 두꺼운 화염의 방벽이 만들어졌다.

콰광!

만년빙정이 화염 방벽에 꽂혔고, 그로 인해 일부가 터져 나갔다.

싸아아아—

화염의 방벽에 안에서 맹렬히 회전하며 전진하려는 만년빙정과 그를 움켜쥐듯 틀어막는 화염.

둘의 힘겨루기 때문에 엄청난 수증기가 뿜어져 나왔다.

엄청나게 뿜어져 나오던 수증기의 양이 어느 순간부터 조금씩 줄어들었다.

화염의 방벽이 만년빙정을 억누르기 시작했다는 방증이었다.

"흠."

그럼에도 야현의 굳은 표정은 펴지지 않았다.

촤아아아!

그 이유는 바로 저것. 만년빙정신수 때문이었다.

힘이 달린 만년빙정은 만년빙정신수를 끌어당겨 부족함을 메우기 시작한 것이었다.

다시 무게추는 균형을 찾는가 싶더니 어느 순간 급격히 만년빙정에게로 기울어져 버렸다.

퍽!

화염의 방벽 중앙이 터지더니 만년빙정이 튀어나와 야현의 가슴으로 파고들었다.

쾅!

묵직한 파음과 함께 야현의 몸이 날아가 거대한 석벽에 부딪혔다.

"큭!"

야현은 미약한 신음을 터트리며 가슴을 쳐다보았다.

스스스—

만년빙정이 야현의 가슴으로 파고들고 있었다. 그리고 야현이 어찌할 사이도 없이 야현의 몸 안으로 사라져버렸다.

파지지지직!

기다렸다는 듯 야현의 몸에 결빙이 일었다.

파삭— 차장창창!

야현은 몸을 한차례 비틀어 얼음을 털어버리며 화염으로

몸을 뜨겁게 달궜다.

그 후 화염은 만년빙정이 그랬던 것처럼 야현의 몸으로 스며들었다.

"쿨럭!"

야현은 검은 피를 토해냈다.

"후우—."

깊은 날숨과 함께 야현은 좀 더 평온한 표정을 지을 수 있었다.

이내 야현은 가슴을 내려다보며 입가에 묻은 피를 닦았다.

그리고 피식 웃음을 삼켰다.

"끈질긴 놈이로군."

야현은 만년빙정신수 위, 만년빙정이 있던 허공을 바라보았다.

"본인이 먹힌 것인가?"

외형적이야 자신이 만년빙정을 흡수한 것으로 보이겠지만 실상은 다르다.

계륵.

야현에게 있어 만년빙정은 그것 이상도 이하도 아니었다.

가지기에도 뭐하고, 버리기에도 뭣한.

야현은 어중간한 것은 싫어한다.

그래서 깔끔히 부숴버리기로 마음을 먹었었다.

북해빙궁이라는 패마저 못 쓰게 될 수도 있지만 상관하지 않았다.

북해빙궁이야 가지면 좋지만 가지지 못해도 크게 상관없었기 때문이었다.

그래서 야현은 만년빙정을 부수려 했다.

실질적으로 야현은 힘겹지만 만년빙정을 소멸에 가까울 정도로 만들었었다.

그러나 만년빙정은 억겁의 시간을 견뎌온 기물이었다.

비록 자아까지는 가지지 못했었어도 본능은 가지고 있었다.

삶에 대한 욕구, 만년빙정은 소멸 직전 야현의 몸으로 파고들어 중단전에 똬리를 틀고 앉았다.

그렇다고 순순히 고개를 숙이고 들어온 것이냐?

그건 아니었다.

고분고분한 듯하다가도 조금만 빈틈을 보이면 걷잡을 수 없을 정도로 거세게 반항을 하는 것이었다.

그냥 태워 없애면 되지 않겠나 싶지만, 그건 또 쉽지 않다.

살아남기 위해 악착같이 파고든 만년빙정은 단단히 마음을 먹고 중단전에 깊은 뿌리를 박아내려 버린 것이었다.

즉, 만년빙정을 몸 안에서 태워버리면 중단전도 치유가 어려울 정도로 부서질지도 모른다.

그 말은 곧 존재 자체를 장담할 수 없다는 말이다.

몸속에 커다란 폭탄을 껴안은 꼴이다.

그럼에도.

"크크크크, 크하하하하하하하!"

야현은 고개 젖혀 대소를 터트렸다.

그 웃음은 가슴 한 켠을 뻥하고 뚫어줄 정도로 시원하기 그지없었다.

"지독한 놈."

야현이 가슴을 툭툭 두들겼다.

파직!

그에 응답이라도 하려는 듯 야현의 가슴 위에 얇은 얼음 결빙이 만들어졌다가 우수수 떨어졌다.

"그래, 살아가려면 응당 그 정도 독기는 있어야지."

야현은 몸을 일으켜 세우다가 한쪽 눈가를 찡그렸다.

가슴 언저리에서 저릿하게 느껴진 고통 때문이었다. 물

론 그 고통의 주체는 만년빙정이었다.

"어디 한번 싸워보자꾸나. 네가 이길지 본인이 이길지, 서로의 존재를 걸고."

야현은 차가워지는 몸을 화염으로 다시 달군 후 허공을 찢어 북해빙궁 궁주실로 올라갔다.

*　　*　　*

좌악!

궁주 집무실 중앙에 허공이 찢어지며 전라의 야현이 모습을 드러냈다.

"헙!"

"헛!"

집무실 장방형 탁자에 어두운 얼굴로 앉아 있던 폭설대주와 살풍대주가 야현의 전라에 기겁성을 삼켰다. 아울러 구석에 대기하고 있던 시녀들은 비록 경망스럽게 헛바람을 삼키지는 않았지만, 눈을 동그랗게 뜨며 놀란 표정을 드러냈다.

"본인이 입을 옷을 부탁합니다."

워낙 당당하게 말을 해서 그런지 시녀는 저도 모르게 재빨리 움직여 나이트 가운처럼 생긴, 궁주의 것으로 보이는 여성 침의(寢衣)를 가져왔다.

그리고는 아차 싶어 폭설대주와 살풍대주의 눈치를 살폈다.

"괜찮습니다. 가볍게 입을 옷 구해오세요."

야현의 말도 말이었지만 폭설대주가 고개를 끄덕여 허락하자 시녀는 재빨리 궁주 집무실을 나갔다.

야현은 폭설대주와 살풍대주가 있는 탁자로 걸어가 상석에 앉았다.

그 행동이 너무나도 자연스러워 오히려 폭설대주와 살풍대주가 어색함을 느낄 정도였다.

"소궁주는? 아! 이제 소궁주가 아닌가?"

야현의 말에 폭설대주는 눈썹을 꿈틀거렸다가 안색을 굳히며 입을 열었다.

"궁주께서는 현재 처소에서 안식을 취하고 계십니다."

"그렇군."

야현은 형식적으로 고개를 끄덕인 후 폭설대주와 살풍대주를 바라보았다.

"마냥 폭설대주, 살풍대주라 부르기도 뭐하고, 이름이 어떻게 되나?"

"뢰우입니다."

"……곡화란이에요."

야현은 알았다는 듯 고개를 끄덕인 후 입을 열었다.

"북해빙궁의 염원이나 뭐 그런 것이 있나?"

야현은 등받이에 몸을 젖히며 물었다.

"……?"

폭설대주 뢰우는 미간을 좁히며 야현을 쳐다보았다.

"북해빙궁쯤 되면 반드시 이뤄야 할 숙원이나 이루고 싶은 염원 같은 뭐 그런 거. 예를 들어 마교의 중원 정벌 같은."

"…….."

폭설대주 뢰우는 말이 없었고.

"있어요."

살풍대주 곡화란이 대신 대답했다. 그러나 그녀의 눈빛에는 '있는데, 그래서 왜 묻는데?'라는 식의 상당한 반발이 담겨 있었다.

"뭔가? 그 숙원이?"

"남해태양궁의 정벌입니다."

"남해태양궁의 정벌?"

"그렇습니다."

살풍대주 곡화란의 확답에 야현의 입가에 미소가 지어졌다.

"좋군."

"……?"

"……!"

야현의 말에 두 대주의 표정이 묘하게 바뀌었다.

"준비해."

"……?"

"……?"

"남해태양궁 정벌이 숙원이라고 하지 않았나?"

"……?"

"……?"

더더욱 알 수 없는 말.

"그다지 어려운 숙원도 아니군. 본인이 남해태양궁의 무릎을 꿇려주지. 북해빙궁 앞에."

야현의 말에 폭설대주 뢰우와 살풍대주 곡화란의 얼굴이 굳어졌다.

*　　　*　　　*

북해빙궁과 남해태양궁.

세상의 끝과 끝이라고 해도 과언이 아닐 정도로 수만 리 떨어져 있는 새외 무림 세력이었다. 접점이라고는 없을 듯한 두 궁은 어울리지 않게 철천지원수 사이였다.

그들이 원수가 된 이유 또한 웃기지도 않게도, 지금으로부터 삼백 년 전 양 궁 궁주들의 사랑 때문이었다.

그 사랑은 파국으로 치달았고, 둘만의 치정이 아닌 궁과 궁의 대립으로 이어졌다.

두 궁은 숱한 피를 뒤집어쓴 채 철천지원수가 되어버렸다.

물론 세월이 흘러 지금은 두 궁 사이에 직접적으로 피가 흐르지는 않게 되었지만, 깊은 감정의 골은 여전했던 것이었다.

'고작 사랑이 뭐라고.'

대를 이은 싸움이라니.

야현은 투명한 유리잔에 담긴 와인을 음미하다가 피식 웃음을 터트렸다.

파직!

심장 쪽에서 욱신거리는 고통이 슬쩍 일며 쥐고 있던 유리잔과 와인이 단숨에 얼어버렸다.

"쯧."

야현은 얼어붙은 와인을 장작이 활활 타오르는 벽난로에 집어 던지고는 손을 뒤덮고 있는 잔 얼음을 털어냈다.

'만년지극혈보(萬年地極血寶)라.'

북해빙궁이 만년빙정이라면 남해태양궁은 만년지극혈보를 근원으로 삼고 있었다.

폭설대주 뢰우의 말에 의하면 뜨거운 용암 위에 떠 있는 양강지기라고 했다.

만년지극혈보면 만년빙정의 기운을 중화시키지 않을까 싶다.

그러나 이미 가진 내력도 포화 상태였다.

"욕심에 눈이 멀어 제 목이 날아간다더니. 본인이 딱 그 꼴이군."

야현은 모닥불을 끌어당겨 손을 녹이며 나직하게 웃음을 터트렸다. 그러나 욕망은 야현이 살아가는 원동력이다.

"크크크크."

야현은 손에 휘감긴 불을 모닥불에 다시 던져 넣었다.

"대군."

폭설대주 뢰우가 궁주실로 들어왔다.

"준비를 마쳤사옵니다."

오늘 북해빙궁 새로운 궁주 등극식이 있다.

더불어 대군의 대관식까지.

"앞장서."

야현은 대군을 상징하는 백색 용포를 입으며 폭설대주와 함께 궁주실을 나섰다.

* * *

거대한 북해빙궁 중앙 광장.

매서운 바람과 살을 에는 추운 날씨에도 수천 명의 무인이 거대한 단상 앞에 오와 열을 맞춰 서 있었다.

간 사람은 잊히고, 남은 사람은 살아야 한다.

빙후의 죽음이 주는 비통함은 시일이 흘러 상당히 옅어졌고, 새로운 한 세대의 시작이 주는 흥분은 서서히 짙어지고 고조되고 있었다.

흥분의 주체는 새로운 궁주의 등극식이 아니었다.

광장에 모인 북해빙궁의 무인들의 시선은 단상이 아닌 그 아래 한 인물에게로 향해 있었다.

새하얀 용포를 입은 사내, 야현이었다.

한 달 전쯤 소궁주의 대군이 될 사내가 찾아왔다는 소식이 떠들썩하게 돌았다. 보름 후 느닷없는 빙후의 죽음, 그 비보가 울음으로 채워지기도 전에 한 소식이 북해빙궁을 강타했다.

북해대군의 탄생.

바로 그것이었다.

천 년의 역사상 첫 북해대군의 탄생이었다.

특히 젊은 남(男)무사들은 동경의 눈으로, 여(女)무사들은 애절한 눈으로 야현을 흘깃흘깃 쳐다보았다.

흥분과 기대감은 더욱 짙어지고 고조되었다.

궁주 등극식은 생각보다 간단했다.

새하얀 무복을 입은 빙소해가 천신에게 새로운 궁주가 되었음을 고하며 제를 올리는 것으로 시작해 북해빙궁 무인들에게 궁주가 되었음을 선포, 그 후 북해빙궁 무인들에게 충성을 맹세 받는 것으로 등극식은 마무리되었다.

아무래도 척박한 날씨로 허례보다는 실용을 강조하는 풍습 때문이 아닌가 싶었다.

"……오를 시간입니다."

곁에 서 있던 폭설대주가 조용히 아뢰었다.

"이 상황이 그다지 마음에 들지 않는 모양이군."

"……."

폭설대주는 야현의 말에 반응을 보이지 않았다.

"그래도 남해태양궁과의 전쟁에서 선두에 서주겠지?"

야현의 가벼운 농에.

"그 말씀만 믿고 있사옵니다."

폭설대주는 굳은 표정으로 무뚝뚝한 답했다.

"하하."

야현은 가벼운 웃음을 터트렸다.

"와아아아아!"

"북해빙궁 천세! 천세! 천천세!"

등극식이 마무리된 듯 광장에서 함성이 터져 나왔다. 그러나 그 함성은 굉장히 짧게 끝났다. 그리고 수천 개의 눈이 한 인물에게로 모였다.

"오르시지요."

폭설대주의 말이 아니더라도 자신의 차례가 되었음을 느낄 수 있었다.

야현은 천천히 자리에서 일어나 허공을 밟으며 단 위로 올라갔다.

자신을 향한 수천 개의 눈빛.

흥분, 기대감이 대부분이었지만 불안함 등 부정적인 눈빛도 제법 존재했다.

그 중 앞선 줄에 선 무력단체 수장들은 반감을 드러냈다.

궁주에 대한 죽음의 원인이 야현이라는 것을 어느 정도 알고 있는 모양이었다.

야현은 피식 조소를 삼켰다.

이런 상황에서는 상상조차 해보지 못했을, 감히 넘보지 못할 거대한 힘을 보여주면 된다.

"북해의 한풍은 매섭군요."

야현은 앞선 줄에서 특히나 노골적으로 반감을 드러내고 있는 무력단체 수장들을 보며 천천히 입을 열었다.

쏴아아아—

야현의 몸에서 한풍보다 더 매서운 음한지기가 뿜어져 나왔다. 그 음한지기는 단을 뚫고 바닥으로 스며들었다.

그극! 그르르르르!

광장 가장자리 땅이 들썩거리더니 거대한 얼음 방벽이 땅거죽을 뚫고 서서히 올라왔다.

"헙!"

"허억!"

거대한 얼음 빙벽에 북해빙궁 무인들은 압도당하며 경악성을 터트렸다.

그그그그그극!

땅을 뚫고 튀어나온 얼음 방벽은 허공에서 맞물려 거대한 하나의 돔을 이뤘다. 매서운 한풍이 사라지며 제법 훈기가 돌았다.

"우와아아아아!"

"와아아아아!"

"북해대군, 천세! 천세! 천천세!"

젊은 무인들을 중심으로 엄청난 함성이 터졌다. 야현은 손을 들어 함성을 그치게 한 후 제법 시간을 들여 북해빙궁 무인들을 쳐다보았다.

"본인은 북해인이 아닙니다."

그 말에 분위기가 어색하게 변했다.

"그러나 북해대군으로서 한 가지는 약속합니다."

야현은 주먹을 움켜쥐며 좀 더 강한 어조로 외쳤다.

"북해빙궁의 숙원, 남해태양궁의 정벌!"

단을 올려다보는 광장에 뜨거운 투기가 끓어올랐다.

"본인이 선봉에 설 것이다! 본인을 따를 수 있겠나?"

야현의 묵직한 물음에.

"충!"

"충!"

북해빙궁 무인들은 야현을 향해 한쪽 무릎을 꿇으며 우

렁찬 목소리로 복명을 외쳤다.

"출전을 준비하라!"

폭설대주가 단 앞에서 소리쳤다.

"와아아아아!"

"북해빙궁, 천세!"

"우와아아!"

"북해대군, 천천세!"

엄청난 함성이 북해빙궁을 뒤흔들었다.

제3장

살아남는다면
한 번 더 기회를 주지요

짙은 녹빛 장의를 입은 당림이 사천당문 가주실 상석에
앉아 있었다.

비록 당한경이 가주이기는 하나 당림은 사천당문의 살아
있는 전설이 되었기에 기꺼운 마음으로 상석을 양보한 것
이었다.

"현 상황은 어떻사옵니까?"

체감상으로는 며칠 되지 않은 것 같은데 벌써 한 달이 훌
쩍 지나갔다.

"그나마 곤륜파와 황보세가는 어찌어찌 수습한다지만

소림사와 무당파는 주춧돌부터 다시 세워야 할 정도라고
하더구나."

"야 공이 소림사와 무당파만큼은 철저하게 부순 모양이
군요."

당림은 이제는 야현을 주군이라 칭하지 않았다. 그렇다
고 함부로 칭하지도 않았다.

"무림맹의 분노가 하늘을 찌르고 있지."

당한경은 고개를 끄덕이며 말을 이었다.

"정확히는 소림사와 무당파, 곤륜파, 아미파, 황보세가
만이겠지요."

"속사정이야 어떻든 외형적으로는 모두 동조를 하는 모
습이다."

"아무것도 모르는 이들은 천우의 기회라 여기며 칼을 갈
고 있겠군요."

"그래 봐야 화산파, 개방이지. 직접적인 연관이 없는 모
용세가가 한 발 걸칠까 모르겠다만."

"단칼이면 천하의 무림이 야 공의 것이 되겠군요."

"열여덟 날 후, 제갈지소가 무림맹 소집령을 내렸다."

"그날 칼을 뽑겠군요."

"워낙 비상한 머리를 가진 년이라 무엇을 그리고 있는지

모르겠다만, 아마 그러지 않을까 싶다. 소림사와 무당만 베어낸다면 확실히 9할 이상 무림맹을 장악할 수 있으니 말이다."

당한경은 몸을 틀어 당림을 직시했다.

"어찌하면 좋겠느냐?"

당림은 당한경의 눈에서 시선을 돌려 총관 당성과 녹암대주 당학성, 녹독대주 당혁을 쳐다보았다.

"자칫 멸문할 수도 있습니다."

"이미 작정한 바다."

당한경은 굳은 의지를 다시금 드러냈다.

"본문이 천하제일문이 된다면 기꺼이 웃으며 지옥에 가겠사옵니다."

"그러한 이유로 죽는다면 그보다 행복한 인생이 어디 있겠습니까?"

"그저 명만 내려주십시오. 불덩이를 안고 지옥으로 뛰어들겠습니다."

당림은 고개를 끄덕였다.

"할 수 있겠느냐?"

이번에는 당한경이 물었다.

"모르겠습니다."

당림의 대답에 당한경의 표정이 굳어졌다.

"그러나 이것만은 정확히 대답할 수 있사옵니다."

당림은 당한경과 당성, 당학성, 당혁을 보며 말했다.

"독신이 되었고, 일족을 뛰어넘었습니다."

그 말에 당한경의 눈에는 환희가 들어섰고.

"아!"

"훗!"

당성과 당학성, 당혁은 흥분과 감격에 찬 감탄을 터트렸다.

"길고 짧은 것은 대봐야 알겠습니다."

당림은 어느 때보다 자신에 찬 목소리로 말했다.

"그럼."

당림의 짧은 말에, 좌중에 모인 이들은 흥분을 애써 거두며 분위기를 차분하게 만들었다.

"무림맹에서 야회의 인물들부터 청소……."

당림은 말을 하다 갑자기 얼굴을 굳히며 빠르게 가주실 밖을 쳐다보았다.

사르르르륵!

가주실 한쪽 벽면이 순식간에 퀴퀴한 연기와 함께 검은 진물이 되어 녹아내렸다.

뻥 뚫린 벽면에서 한 그림자가 무형의 힘에 끌려나왔다.

"꺅!"

당림의 손아귀에 잡힌 이는 다름 아닌 당린린이었다.

"린린?"

당림은 미간을 찌푸리며 당린린의 목을 놓아주었고, 당린린은 한참을 컥컥 거리며 고통스러워했다.

"여기에는 무슨 일이냐?"

당림은 제자리로 몸을 돌리며 물었다.

"그게 사실인가요?"

어느 정도 정신을 차린 당린린이 날카로운 목소리로 물었다.

그 물음에 당림의 발걸음이 멈췄다.

"제 귀가 잘못된 거죠?"

"린아!"

당한경이 자리에서 일어나 호된 목소리로 당린린의 이름을 불렀다.

"아니라고 해요. 아니라고 해요! 오라버니! 아니라고 해, 아니라고 해!"

당린린은 묘한 분위기에 불길한 생각이 맞았음을 느끼며 소리 질렀다.

"조용히 하지 못하겠느냐?"

짝!

당한경이 매서운 얼굴로 다가와 뺨을 때렸다.

"조용하지 못하겠느냐?"

"아, 아버지."

체벌은커녕 평생 험한 말도 들어보지 못했던 당린린은 믿을 수 없는 눈으로 당한경을 쳐다보았다.

"너는 당가의 여식이다."

"……"

"죽어도 당가의 피로 죽어야 하며, 살아도 당가의 피로 살아가야 함을 정녕 모르느냐?"

"그래서 본가가 얻는 게 뭔가요?"

"천하제일가문, 앞으로는 사천당문이 아닌 천하제일당문으로 불리게 될 것이다."

"정녕 그리 될 거라 믿으세요?"

당린린은 비틀린 미소를 보이며 물었다.

"내가 그리 만들 것이다."

대답한 이는 마주한 당한경이 아닌 상석에 앉아 있는 당림이었다.

화아아아—

당림의 몸 주위로 검은 기운이 뿜어져 나왔다. 그 기운이 닿은 모든 것이 흐물흐물 녹아내렸다.

"너는 모르겠지만 나는 본문의 전설인 독신이 되었다. 그로 일족의 사슬을 끊어냈다. 더러운 족쇄에서 벗어났다는 말이다."

당린린도 놀란 듯 화등잔처럼 크게 뜬 눈으로 당림의 독무를 바라보았다.

"나는 본가를 천하제일의 가문으로 만들 것이다."

자신에 찬 당림과 달리 그를 바라보는 당린린의 눈은 가늘어져 갔다.

"미쳤어."

당한경과 당성, 당학성, 당혁은 그런 당림을 자랑스럽다는 듯이 쳐다보고 있었다.

당린린은 그 모습에 뒤로 한 걸음 물러나며 중얼거렸다.

"오라버니는 가가의 진정한 힘을 몰라요. 그리고……."

당린린은 당한경을 비롯해 당문 수뇌들을 쳐다보며 입을 열었다.

"가가의 냉혹한 성정도."

당린린은 말을 하다 말고 몸을 부르르 떨었다.

"지금도 늦지 않았어요."

당린린은 당학성의 손을 움켜쥐며 간절하게 말했지만 단호한 당한경의 눈빛에 고개를 돌려 당림을 쳐다보았다.

"오라버니. 제발. 지금이라도 가가께……."

짝!

"꺄악!"

당한경의 손찌검에 당린린은 말을 끝까지 잇지 못했다.

"제발 내가 이렇게 빌게요. 이러다 우리만 죽는 게 아니에요. 이 사실을 알면 개미 새끼 한 마리 남기지 않고 모두 죽일 거예요. 그러니 제발."

당린린은 무릎을 꿇고 손이 발이 되도록 빌며 울부짖었다.

그녀의 얼굴이 피눈물로 범벅이 되었지만 당한경과 당림은 요지부동이었다.

"녹암대주, 녹독대주."

당림이 두 대주를 불렀다.

"예."

"하명하시옵소서."

"린이를 지하 개인 연무장에 가두세요."

당림도 사랑스러운 동생을 차마 죽일 수 없었는지 그리 명했다.

"명."

"명."

당학성과 당혁은 당린린의 양팔을 단단히 움켜잡았다.

"카하핫!"

당린린은 거칠게 울음을 터트리며 몸을 띄워 당학성과 당혁의 손을 뿌리치고는 문으로 뛰어나갔다.

파지끈!

당린린은 양팔로 얼굴을 감싸고 문을 부수며 밖으로 뛰쳐나갔다.

"크학!"

"크흐윽!"

눈이 부신 햇살이 부서진 문을 통해 가주실 안으로 뿜어져 들어왔다.

그 빛을 직격으로 맞은 당학성과 당혁은 괴로운 듯 비명 같은 신음을 터트리며 빛이 닿지 않는 그늘진 구석으로 황급히 물러났다.

당한경은 야현의 권능 덕에 진혈로 태어났지만, 그 피가 당학성과 당혁까지 온전하게 이어지지는 않았다. 그래도 진혈의 피가 아예 흐르지 않는 것은 아니어서 일반적인 뱀파이어처럼 햇빛에 불타지는 않았다. 그러나 온전한 진혈처럼 햇빛 아래 서 있을 만큼 강하지도 못했다.

"정녕."

당한경은 참담한 표정이 짧게 지어졌지만, 이내 그의 눈빛이 독하게 바뀌었다.

팡!

당한경의 신형이 화살처럼 밖으로 튀어 나갔다.

그리고 얕은 담을 뛰어넘는 당린린의 뒷덜미를 잡아 마당으로 집어던졌다.

콰당—

당린린도 야현의 피를 이은 진혈.

"꺄하악!"

재빨리 신형을 바로잡으며 당한경을 향해 날카로운 울음을 터트렸다.

그런 그녀 앞에 당한경이 굳은 표정으로 내려섰다.

둘의 눈이 마주치기가 무섭게, 당현경이 빠르게 당린린을 향해 덮쳐나갔다.

팡! 파바바방!

당린린의 반발도 거셌지만, 상대는 평생 전장을 누벼온 당한경이었다. 또한 뱀파이어가 되기 전에도 독성이라는 별호로 무림에서 당당히 일좌를 차지했던 인물이었다.

아무리 같은 진혈이라고 해도 경험의 양과 애초에 가진 순수한 힘의 차이를 극복하기는 어려운 법.

콰직!

당린린의 무릎이 당한경의 발에 부서졌고,

"꺄아아!"

당린린은 고통에 찬 비명을 터트렸다.

당한경은 바닥에 쓰러진 당린린 위에 무릎을 꿇고 앉았다.

당린린을 내려다보는 당한경의 꽉 닫힌 입술이 부들부들 떨었다.

이어 눈가도 파르르 경련이 이는가 싶더니 눈에서 굵은 피눈물이 주르르 흘러내렸다.

"린아, 미안하구나."

"아, 아······."

파드득!

당한경은 눈을 질끈 감으며 당린린의 얼굴을 잡아 찢어버렸다.

화르르륵!

목이 찢긴 당린린의 몸은 단숨에 불길에 휩싸였다.

당한경은 그의 피부가 불에 타들어 감에도 당린린의 몸

을 더욱 세차게 끌어안았다.

*　　　*　　　*

"그럼 쉬십시오."

드르륵!

북해빙궁 궁주실 문이 닫히고.

쿵!

야현은 힘없이 무릎이 꺾이며 바닥에 주저앉았다.

"커헉!"

야현이 고통을 이겨내지 못하고 검은 피를 각혈하자 그의 몸에 한순간 얼음이 일기 시작했다.

지독한 추위에 야현의 몸은 의지와 상관없이 파르르 떨렸다.

파츠츠츠—

몸에서 시작한 얼음은 야현이 엎드려 있는 바닥까지 침범했다.

"크흐으!"

얼음이 완전히 야현의 몸을 뒤덮기 전에 야현이 눈을 부릅떴다.

파란 눈.

북해빙궁 특유의 눈동자 색인 동시에 만년빙정의 색이였다.

그런 파란 눈에 붉은 동공이 터지듯 피어났다. 그리고 붉은 색은 서서히 파란색을 잡아먹어 나갔다.

화르르륵!

야현의 몸에서 화염이 일었다.

그리고 얼음을 착실하게 녹여나갈 무렵.

끼익!

집무실 문이 열리며 북해빙궁 궁주가 되어 빙후의 이름을 물려받은 빙소해가 안으로 들어왔다.

"할 말이……."

"크르르!"

야현은 거칠게 울음을 터트리며 고개를 돌렸다.

놀란 눈의 빙소해와 그녀가 미처 닫지 못해 반쯤 열린 문이 보였다.

야현은 부들부들 떨리는 손을 뻗어.

"꺄악!"

콰당탕탕탕!

빙소해를 권능, 염력을 사용해 벽으로 집어 날린 후, 문을 강하게 닫았다.

닫힌 문을 향해 야현은 힘겹게 자리에서 일어났다.

누군가 다시 들어올 수 있었기에 화염을 지우며 애써 죽여 놓은 만년빙정의 기운을 풀었다.

"크흐으으!"

낮게 토해내는 숨결을 따라 새하얀 입김이 흘러나왔다.

붉어진 눈동자도 다시 파란색으로 변해갔다.

콰지직— 파자자자작!

야현의 의지에 따라 궁주실 문에 얼음이 일기 시작했고, 그 얼음은 금세 두껍게 덩치를 키웠다.

단단히 문을 틀어막은 야현은 몸을 돌려 벽에 의지하며 일어나는 빙소해를 쳐다보았다.

콰득— 콰득— 콰득!

야현은 큰 걸음으로 그녀에게로 걸어갔다. 그의 걸음걸음마다 바닥에 얼음이 깨져나갔다.

"껙!"

야현은 빙소해의 목을 움켜잡았다.

"사, 살려주……."

"이번— 만이 아—니야."

몸을 뒤덮은 냉기와 얼음으로 야현의 목소리는 툭툭 끊

겼다.

"본인—이 아무리 너그—러워도 속에 딴—마음을 품은
이마저 품—어주지는 않아."

"잘못해……, 끄륵!"

"살아—남는다면 한— 번 더 기회—를 주지."

야현은 왼손에 빙정의 일부 기운을 내뿜었다.

츠츠츠츠츠!

야현의 왼손은 빠르게 얼어붙어 갔고, 손바닥 위에 시퍼
런 냉기를 뿜어내는 자그만 구슬 하나가 회전했다.

쩡—

야현은 그 구슬, 빙정의 기운을 빙소해의 단전에 강제로
밀어 넣었다.

"끄륵!"

감당할 수 없는 음한지기에 빙소해의 눈이 한순간 뒤집
혔다. 바들바들 떨던 빙소해의 입이 조금씩 커졌다.

강렬한 비명이 터져 나올 터.

야현은 오른손으로 입을 비롯해 그녀의 얼굴 전체를 움
켜잡았다.

콰즈즈즈즈—

순식간에 얼음이 그녀의 얼굴을 뒤덮었다.

그 얼음에 숨이 막힌 것인지, 아니면 고통 때문인지 빙소
해는 부들부들 떨며 바닥에 쓰러졌다. 그리고 그것만으로
도 부족한 듯 거칠게 몸부림쳤다.

"크흐—."

야현은 힘겨운 숨을 내쉬며 뒤로 몇 걸음 물러났다.

"……!"

야현의 얼굴이 단숨에 굳어졌다.

"젠장!"

얼굴이 찌푸려지기가 무섭게.

"꺼억!"

숨이 턱 끊겼고, 뒤로 휘청였다.

파즈즈즈즈즈즈—

얼음이 거칠게 피어나 한순간 야현의 몸을 휘감았다.

쿵!

야현은 힘없이 바닥에 무릎을 찍듯 꿇어앉았다.

얼음은 뾰족한 송곳처럼 날카로운 가시를 만들어내며 더
욱 맹렬하게 몸집을 키웠다.

"크하악!"

수십 자루의 날카로운 얼음송곳이 방향을 틀며 야현의
몸으로 파고들었다.

"카이만!"

새파란 눈동자 안에 붉은 동공이 만들어지며 야현의 몸은 뒤로 넘어갔다.

*   *   *

무림맹 와룡각.

제갈지소와 흑오가 머리를 맞대고 논의를 하고 있었다.

"아무리 수를 세워도 소림사와 무당파를 먼저 쳐내는 것보다 좋은 수는 없네요."

제갈지소의 말에 흑오는 고개를 끄덕였다.

"내가 보기에도 그렇구려."

"그렇다면 원안대로 소림사와 무당파 잔존 인물들이 무림맹에 입성할 때를 노려야겠군요. 그들은 언제쯤 입성하나요?"

"소림사는 대략 열흘 후, 무당파는 그보다 이삼일 후쯤 입성할 듯하오."

흑오의 말에 제갈지소는 알겠다는 듯 고개를 끄덕이며 입을 열었다.

"그래도 모르니 그들에게서 눈을 떼지 마세요."

"안 그래도 월영에게 언질을 넣어놨으니 문제없을 것이오."

"주군과는 연락이 닿지 않지요?"

제갈지소의 물음에 흑오가 고개를 끄덕였다.

"어쩔 수 없지요. 썩어도 준치라 했어요. 소림사와 무당파인 만큼 모든 야회에게 칠 일 안으로 소집령을 내려주시고, 초량을 통해 제국에도 동원 가능한 기사단을 요청해주세요."

"그리하리다."

"화산파와……. 음?"

말을 이어가던 제갈지소가 말을 멈추며 와룡각 후원으로 고개를 돌렸다.

"누군가 왔군요."

와룡각 후원에 숨겨진 워프 게이트 진이 활성화되는 기운이 느껴졌다.

제갈지소는 책상 위에 놓인 문서들을 추슬러 서랍에 넣었다. 같은 아군일지라도 보여서 좋은 것이 없기 때문이었다.

제갈지소는 서랍을 자물쇠로 채운 후 흑오를 따라 자리에서 일어났다.

그들이 방을 나서기 전에.

"들어가도 되겠나?"

문밖에서 당한경의 목소리가 들려왔다.

'당 가주?'

제갈지소는 느닷없는 그의 방문에 고개를 갸웃거리며 문을 열었다.

"들어오세요."

"오랜만이네."

"그간 강녕하셨습니까?"

안으로 들어온 당한경과 흑오가 인사를 나누고.

"외형이 상당히 많이 바뀌셨군요."

당한경과 함께 들어온 당림의 바뀐 외모에 제갈지소의 눈매가 가늘어졌다.

사실 저들이 기별 없이 찾아오는 것이 별다른 일이 아닐 수도 있지만, 이상하리만큼 묘하게 거북함이 들었던 참에 너무나도 변한 당림의 외모는 그녀의 신경을 더욱 자극했다.

"어쩌다보니 그리 되었소."

당림은 어색한 듯 민머리를 쓰다듬으며 흑오와 인사를 나눴다.

"함께 있는지 몰랐습니다."

"중하게 나눌 말씀이 있는 모양이니 잠시 자리를 비켜드
리지요."

흑오의 말에 당림이 고개를 저었다.

"아니오. 괜찮습니다."

"린 매는 같이 안 왔나요?"

그러고 보니 한 시진 전쯤 당린린이 본가로 간다며 잠시
들렸었다.

당린린이 무슨 일로 본가에 가는지 말은 하지 않았지만
급한 걸음을 보니 사천당가에 중한 일이 있어 보였다.

그런 그녀가 가자마자 당한경과 당림이 자신을 찾아왔
다.

"그 아이는 같이 오지 못했네."

당한경은 애절한 눈으로 읊조렸다.

'눈물? 왜?'

당한경의 눈가에 맺힌 핏물에 제갈지소는 의아한 생각을
가짐과 동시에 빠르게 주변을 눈에 담았다.

당림도 당한경처럼 슬픈 표정을 짓고 있었다.

더욱 깊어지는 의심.

"……!"

그 순간 은밀하게 당림의 손에서 흑무가 피어났다.

"조심!"

제갈지소는 재빨리 흑오의 허리춤을 잡아 뒤로 던지며 흑무를 향해 어둠의 기운을 이용해 일장을 내질렀다.

팡!

장풍에 흑무가 흩어지는가 싶더니 다시 뭉치며 제갈지소의 손목을 휘감았다.

"흡!"

제갈지소는 눈을 부릅뜨며 뒤로 물러났다.

"도, 독?"

"이런—."

당림은 묘하게 인상을 찌푸렸다.

"조용히 한 줌의 독수가 되어 사라졌으면 고통도 없었을 터인데."

당림은 안타까운 목소리로 제갈지소를 바라보았다.

"끄악!"

그때 제갈지소의 귀로 흑오의 고통에 찬 비명이 파고들었다. 제갈지소가 독에 잠시 정신을 차리지 못한 사이 당한경이 흑오의 가슴을 뚫고 심장을 으스러트려버린 것이었다.

"그래도 큰 고통은 없을 거야."

당림의 말에,

"꺄하학!"

제갈지소는 분노에 찬 울음을 터트렸다.

제4장

배반이라. 크하하하하하!

팟!

북해빙궁, 궁주실에 검은 빛과 함께 카이만이 모습을 드러
냈다.

"……!"

차자자작! 화르르륵!

차갑고 뾰족한 얼음이 피어났다가 뜨겁고 거친 화염에 휘
감기는 야현의 모습에 카이만은 안색을 굳히며 다가갔다.

파직!

카이만의 손이 야현의 몸에 닿기도 전에 얼음이 뻗어 나와

그의 손을 물었다.

"크윽!"

카이만은 황급히 손을 뒤로 뺐지만, 순식간에 얼음이 그의 팔을 휘감아 나갔다.

팡!

카이만은 서둘러 마나를 증폭시켜 팔을 타고 올라오는 얼음을 짓눌렀다.

카이만의 팔을 침범한 만년빙정의 파편은 그 힘을 이겨내지 못하고 단숨에 부서졌다.

"크으!"

카이만은 얼어붙었던 손을 쥐었다 펴며 야현을 내려다보았다.

"······왔나?"

야현이 힘겹게 눈을 떴다.

"주, 주군."

"크크크크크, 컥!"

야현은 나직하게 웃음을 터트리다가 격통을 삼켰다.

"······봐서 알겠지만, 끄— ······상태가 많이 안 좋아."

"뫼시겠습니다."

카이만은 마법으로 야현의 몸을 띄웠다.

"지하로 가자. 그곳에 밀폐된 장소가 있어."

한빙관.

카이만의 몸에서 뻗어 나온 검은 빛은 야현의 몸을 휘감았고, 이내 둘의 신형은 그 자리에서 사라졌다.

팟!

와룡각 후원에 검은 빛과 함께 카이만이 모습을 드러냈다.

제갈지소, 흑오를 만나 의논하고 앞으로의 계획을 수정하기 위함이었다.

빠른 걸음으로 후원을 벗어나려던 카이만의 걸음이 뚝 멈추며 그의 얼굴은 빠르게 굳어졌다.

일반인들은 맡지 못할 정도로 희미한 시큼한 냄새와 그 안에 섞인 비릿한 혈향을 느낀 것이었다.

'독?'

이 정도로 희미한 향에 머리가 핑 도는 것을 보면 지독한 독이었다.

카이만은 해독 마법을 펼치고는 발걸음 소리를 죽이며 와룡각으로 들어섰다.

'흠.'

걸음이 더할수록 독향은 조금씩 진해져 갔고, 그로 인해 카이만의 표정은 더욱 굳어져만 갔다. 카이만은 마법 지팡이를 더욱 강하게 움켜잡으며 조용히 제갈지소의 집무실로 조심히 다가갔다.

"……!"

집무실 문은 활짝 열려 있었고, 중앙에 제갈지소가 무릎을 꿇고 앉아 있었다.

그녀의 모습은 처참하기 그지없었다.

마치 불구덩이에 빠졌다가 나온 것처럼 피부는 녹아내려 곳곳에 허연 뼈가 보일 정도였고, 함께 녹아내린 옷가지와도 엉켜 있었다.

아니, 지금도 피부와 뼈가 검은 진물에 녹아내리고 있었다.

일반인이라면 죽었어도 벌써 죽었을 중상.

뱀파이어였기에 죽지 않고 살아 있었던 것이었다.

그녀도 그녀였지만 코끝을 찌르는 독향에 머리가 핑 도는 것이 그저 단순히 지독한 독이 아니었다.

카이만은 은밀히 해독 마법으로 몸에 침투하는 독을 정화하며 빠르게 방 안을 살폈다.

'흑오!'

한쪽 구석에 쓰러져 있는 흑오의 시신에 카이만의 눈이 다시금 부릅떠졌다.

카이만은 입술을 깨물며 다시 제갈지소를 바라보았다.

그러나 여전히 집무실 안으로 들어가지 않았다.

방 안에서 느껴지는 위화감 때문이었다.

소리 없는 느낌을 받은 것일까, 힘겹게 숨을 이어가던 제갈지소가 바닥에 깔린 눈을 들어 올렸다. 그리고 문밖에 서 있는 카이만을 보았고, 이내 둘의 눈이 마주쳤다.

방 안으로 들어오지 마라.

제갈지소의 눈은 분명 그리 말하고 있었다.

팟!

그 순간 카이만의 신형이 그 자리에서 사라졌다.

꽝!

동시에 그가 서 있던 바닥이 터졌다.

"……당림."

카이만은 낯선 얼굴에서 익숙한 이름을 찾아냈다.

"혹시나 했는데, 역시나 안 되는군요."

말로는 아쉬움을 표현했지만, 표정은 그러한 감정을 담고 있지 않았다.

그 이유는 자신만만한 그의 얼굴에서 찾을 수 있었다.

"달라졌군."

카이만은 서클에서 마나를 깨우다가 확연히 달라진 당림

의 기운을 느꼈다.

그리고 당림 역시 야현처럼 뱀파이어 일족을 뛰어넘었음을 알아차렸다. 자연스레 야현의 종속에서 벗어난 것이었다.

"역시 카이만님은 알아본 모양이군요."

당림은 느긋하게 뒷짐을 지며 여유를 내비쳤다.

그러나.

파밧!

카이만은 허공으로 몸을 띄우며 마법 지팡이를 휘둘러 재빨리 실드를 쳤다.

츠츠츠츠츠츳!

카이만이 서 있던 바닥에서 솟구친 검은 연기가 솟구치며 실드와 부딪혔다.

독이었다.

쩍— 쩌적—

단순한 독이 아닌 듯 실드의 막이 흐물흐물 녹아내리는 동시에 잔금이 일기 시작했다.

실드로는 당림의 독을 막을 수 없다고 판단한 카이만은 실드 안에 더욱 강력한 방어막인 배리어를 펼쳤다.

팍!

아니나 다를까.

배리어가 만들어지고 얼마 지나지 않아 실드는 더는 독무를 이기지 못하고 비눗방울처럼 터졌다. 비록 배리어가 뒤이어 독무를 막아냈지만 실드가 부서지는 충격에서 자유롭지는 못했다.

카이만은 유형의 힘마저 담긴 독기에 뒤로 밀려나 바닥에 거칠게 내려서야 했다.

『—흑오를 데, 데리고 가가께…….』

제갈지소의 끊어질 듯 힘겨운 전음에 카이만의 몸이 움찔거렸고, 그로 인해 미약한 틈이 만들어졌다.

당림은 그 틈을 놓치지 않고 직접 파고들었다.

콰광!

당림은 크게 진각을 밟으며 독을 품은 강기, 권강을 담아 일권을 내질렀다.

파장창창창!

단 일 수에 배리어는 산산조각 부서졌고, 그 충격에 카이만의 몸이 뒤로 주르르 밀려났다.

"큭!"

카이만의 입에서 검은 피가 주르르 흘러내렸다.

배리어가 부서지며 한 줌의 숨결을 통해 독이 파고들었기 때문이었다.

하지만 그뿐만이 아니었다.

바람에 실린 독에 의해 로브 끝자락이 녹아내렸고, 피부도 짓무르기 시작한 것이었다.

"핫!"

카이만은 마법 지팡이를 휘두른 후 바닥에 강하게 찍었다.

콰앙―

검은 마나가 파동을 그리며 퍼져 나갔고, 파동 끝에 검은 불꽃이 튀었다. 정화의 기운이 독무를 태워버린 것이었다.

『흑오는 죽지 않았느냐?』

『소, 소녀의 피로…….』

쾅!

다시 만들어진 틈, 그리고 그 틈을 놓치지 않은 당림이었다.

당림의 강력한 일퇴에 카이만은 재빨리 마법 지팡이를 들어 실드를 쳤다.

파장창창창― 퍼석!

그러나 당림의 일퇴는 실드를 단숨에 부셨고, 그것으로도 모자라 마법 지팡이마저 두 조각 내버리고 말았다.

그 충격에 카이만은 피를 토하며 뒤로 나뒹굴었다.

『……이 말만 전해주세요. 가, 가가께 사랑을 받지 못했지만, 후우―, ……진심으로 사랑했고, ……사랑하게 해줘서 감사했다고.』

그 전음을 끝으로.

"크하앗!"

제갈지소가 위태로운 모습으로 자리에서 일어났다. 그리고 처절한 일갈을 터트리며 당림을 향해 신형을 날렸다.

그 사이 카이만은 쓰러진 흑오에게로 다가가 로브 자락을 휘둘러 감쌌다.

로브 자락이 카이만과 흑오를 감싸자 빛과 함께 둘은 그 자리에서 사라졌다.

*　　　*　　　*

정신을 잃고 있었던 야현의 안면이 꿈틀거렸다. 잠시 후 야현은 얼굴에 험악한 표정을 지으며 눈을 부릅떴다.

"크핫!"

분노로 가득 찬 소리를 지르며 자리에서 일어났다.

파사삭!

야현의 온몸을 뒤덮고 있던 얼음이 강제로 부서지며 조각 들이 바닥으로 후드득 떨어져 내렸다. 단순히 얼음만 부서진 것이 아니었다.

얼어붙은 옷도 깨지고 부서졌으며, 피부도 얼음 조각과 함께 뭉텅뭉텅 떨어져 내렸다.

"크흐으!"

고통도 고통이지만 야현은 고통마저 느끼지 못할 정도로 분노를 표출했다.

자신의 몸에서 이어진 실 하나가 끊어진 것이다.

'누구냐?'

야현은 눈을 감고 끊어진 실을 찾아 거슬러 올라갔다.

'지소.'

조금은 특별했던 여인.

팟!

한빙관 구석에서 빛무리가 터졌고, 두 개의 그림자가 모습을 드러냈다.

카이만과 흑오였다.

"흐읍!"

순간 이동을 마친 카이만은 재빨리 로브를 벗어던졌다.

로브 옷자락의 끝이 한빙관 내 호수에 닿았다. 그러자 맑은 물에 검은 먹물을 떨어뜨린 듯 호숫물은 금세 시커멓게 변해 갔다.

스스슷—

로브 안으로도 독이 침투한 것인지 카이만 몸 곳곳에서 검푸른 연기가 피어나고 있었다.

카이만은 허공에 양손을 저어 허공에 수인(手印)을 펼쳤다.

허공에 그려진 마법진을 따라 흑마나가 빛을 발했고, 펼쳐진 정화마법은 카이만의 몸을 덮었다.

츠츠츠츳—

카이만의 몸에서 해독에 의한 독의 잔재가 흘러나와 허공 속으로 사라져갔다.

야현의 시선은 그런 카이만이 아닌, 그 발아래 눕혀져 있는 흑오에게로 향했다.

"지소."

죽었지만 죽지 않은 몸.

흑오에게서 희미하게 제갈지소의 피가 느껴졌다.

파직— 파직!

야현은 흑오에게로 발걸음을 내디뎠다.

팔과 다리의 관절이 움직이자 얼어붙은 피부와 살들이 얼음 조각이 되어 찢어지고 부서졌지만, 야현은 아랑곳하지 않고 흑오에게로 다가갔다.

깊은 잠에 빠진 것처럼 눈을 감고 있는 흑오의 가슴에는 바닥이 보일 정도로 큰 구멍이 뚫려 있었다. 그리고 뚫린 가슴 주위가 검푸르게 변색되어 있었다.

한 눈에도 독이 스며 있음을 알 수 있었다.

"당가더냐?"

이어진 수많은 실 중에 변색된 줄이 하나 있었다.

그 실의 주인은 사천당문의 당림.

그 물음에 답해줄 이는 지금 죽었고, 소멸하여 가고 있었다.

"견뎌라."

자신의 피라면 흑오를 다시 깨울 수 있다.

그러나 피를 줄 수 없는 상황.

콱!

야현은 손톱이 손바닥을 파고 들 정도로 주먹을 억세게 말아 쥐었다.

카이만은 걱정 없다.

"일주일만 견뎌라. 반드시 본인이 너를 깨울 터이니."

야현의 눈이 시퍼렇게 변했다.

"그리고 너의 입으로 듣겠다. 감히 본인에게 덤벼든 이가 누구인지를."

야현은 몸을 돌려 허공을 찢었다.

그리고 피가 뒤엉킨 얼음 파편을 남기며 사라졌다.

*   *   *

꽈광!

궁주실로 올라온 야현은 문을 두껍게 막아선 얼음벽을 부수며 밖으로 나왔다.

"대, 대군."

복도에는 십여 명의 북해빙궁 무인들이 서 있었고, 그중 폭설대주 뢰우가 황급히 다가왔다.

아마 궁주실 문이 아무런 언질도 없이 두꺼운 얼음으로 막혀 있었기에 다급히 대기하고 있었던 모양이었다.

다급히 다가서던 뢰우는 처참한 야현의 몰골에 흠칫 눈을 동그랗게 떴다.

"남해태양궁."

"……예, 예?"

"가 봤나?"

"아……."

뢰우는 피투성이에 얼어붙은 야현의 몸에 상황 파악이 좀처럼 되지 않아 뚜렷하게 대답을 하지 못했다.

"가 보았나?"

다시 이어진 질문.

"가, 가 봤습니다."

"기억하나?"

착 깔린 차가운 목소리에 압도당한 뢰우는 그답지 않게 고개를 끄덕였다.

"갑자기 왜 그런 말씀을……, 먼저 몸을 치……. 흡!"

야현은 뢰우의 말을 듣지 않고 그의 어깨를 잡아 끌어당겨 목을 물었다.

"꺽!"

목에 물리는 고통도 고통이지만 야현의 몸에서 뻗어 나오는 냉기에 뢰우는 짧은 비명을 터트렸다.

"으어어어—."

냉기가 뼛속까지 파고들자 뢰우는 고통을 이겨내지 못하고 신음과 함께 몸을 바르르 떨어댔다.

"꺼어억!"

뢰우의 숨이 끊어지기 직전 그의 몸이 바닥으로 떨어졌다.

"대, 대주!"

"대주!"

폭설대원 둘이 추위에 몸을 바들바들 떠는 뢰우의 몸을 재빨리 감쌌다.

챙— 채재쟁!

남은 폭설대원들은 분노를 터트리며 야현을 향해 검을 뽑아들었다.

하지만 야현은 그들의 적의에도 아랑곳하지 않고 눈을 감고 뢰우의 기억을 살폈다.

십여 년 전의 기억인지라 듬성듬성 지워진 부분도 제법 있었지만 중요한 사안을 잡아낼 수 있었다.

쐐애애액—

분노를 참지 못한 폭설대원 일인이 야현의 복부에 빠르게 검을 찔렀다.

푹!

"……!"

설마 전혀 미동도 없이 피하지 않을 거라고는 전혀 생각하지 못한 듯 오히려 야현을 찌른 폭설대원이 화들짝 놀란 표정을 지었다.

츠즈즈즛!

어김없이 냉기를 담은 지독한 얼음 결빙은 검을 타고 올라가 폭설대원의 손을 물었다.

"큭!"

폭설대원은 지독한 냉기에 검을 손에 놓으며 화들짝 뒤로 물러났다.

야현은 천천히 눈을 떠 복부에 꽂힌 검을 내려다보았다.

그리고 검을 천천히 뽑았다. 얼어붙은 몸이었기에 피조차 흐르지 않았다.

"훗."

야현은 짧은 웃음과 함께 검을 자신을 찔렀던 폭설대원에게 던지듯 건넸다.

"본인은."

야현은 여전히 검을 겨누고 있는 폭설대원들을 보며 천천히 입을 열었다.

"지금 남해태양궁으로 간다."

좌아아악!

야현은 단숨에 허공을 찢었다.

"따라올 이는 따라오라."

야현은 얼음의 흔적을 남기고 뜨거운 태양이 내리쬐는 최남단 해남단, 남해태양궁 성문 앞으로 공간을 뛰어넘었다.

제5장

화려하게 죽으세요

숨이 턱 막히는 더위.

"헙!"

"헉!"

뼛속까지 파고드는 추위가 거짓말처럼 느껴지는 뜨거움에 야현을 따라 공간을 뛰어넘은 폭설대원들은 저마다 기겁성을 터트렸다.

"서, 설마."

"나, 남해태양궁? 지, 진짜인가? 지금 내가 헛것을 보고 있는 것은 아니지?"

눈앞에 펼쳐진 장대한 남해태양궁의 태양성에 가지각색으로 놀라며 경악성을 터트렸다.

"괜찮다. 놓아라."

정신을 차린 듯 폭설대주가 부축한 수하들의 팔을 뿌리치며 태양성을 향해 몇 걸음 내디뎠다. 눈앞의 거대한 성은 기억과 달라진 부분은 있었지만 분명 남해태양궁의 태양성이 분명했다.

"그대의 표정을 보니 제대로 왔군."

야현은 세월의 깊이가 느껴지는 태양성의 성문 위에 걸린 현판에서 눈을 떼며 곁으로 다가온 폭설대주 뢰우를 바라보았다.

"……."

피를 빨린 것부터 시작해서 혼미한 정신으로 북해빙궁에서 남해태양궁으로 공간 이동까지. 너무나도 복잡하고 많은 일에 머릿속이 쉽사리 정리되지 않는 듯 보였다.

"본인은 남해태양궁 비처로 간다."

"……속하들도."

상황이 상황인지라 뢰우는 어떻게든 정신을 수습하며 물었다.

"본인만 간다."

야현은 아공간을 열어 자그만 목함을 꺼내 뢰우에게 던졌다.

목함에는 투명한 유리병들이 들어있었다. 손가락 굵기보다 조금 더 큰 유리병에는 검붉은 액체가 담겨 있었다.

"하루."

"……?"

"하루 동안 그대들의 힘을 두 배가량 증폭시켜 주는 약이다."

야현은 뢰우를 향해 몸을 틀어 마주섰다.

"물론 부작용도 있지. 그 하루가 지나면 열흘간 젓가락도 들 수 없을 정도로 무기력해진다."

부작용에 대한 설명이 이어지자 뢰우의 몸이 움찔거렸다.

"반드시 먹으란 명은 아니다. 먹고 안 먹고는 그대가 알아서 판단하도록."

조금 더 목함을 내려다본 뢰우가 고개를 들어 야현과 눈을 마주했다.

"왜 남해태양궁의 비처, 열양지(熱陽地)로 가시는지 물어봐도 되겠습니까?"

"이유는 그대도 알고 있지 않은가?"

야현의 말에 뢰우는 묵묵히 고개를 끄덕였다.

"시간을 확답할 수 없다. 다만 이것만은 약속하지."

야현은 뢰우에게 한 걸음 다가섰다.

"살아만 있다면 함께 돌아간다."

야현은 뢰우의 눈을 좀 더 바라본 후 몸을 돌렸다.

"본인은 해가 지면 간다. 그대들의 건투를 빌지."

야현은 뢰우의 어깨를 가볍게 두들긴 후 홀로 떨어져 나와 인근 객잔으로 향했다.

"대, 대주."

야현이 사라지자 폭설대원들이 우르르 몰려들었다.

더위에 지친 듯 수하들은 하나같이 두꺼운 방한복들을 벗은 모습이었다.

"덥군."

뢰우도 이마를 비롯한 얼굴뿐만 아니라 두꺼운 털옷 안으로 흘러내리는 땀에 방한복을 벗었다.

그때 불어온 바람 한 줄기에 시원함을 느꼈다.

피식 웃음이 터져 나왔다.

언젠가 다시 올 줄 알았지만 지금처럼 번갯불에 콩 구워 먹듯 오게 되리라고는 전혀 생각도 못 했다.

"일단 객잔이나 주점으로 가자."

뢰우는 야현이 들어간 객잔을 잠시 바라보았다가 반대편

으로 걸음을 돌렸다.

커다란 2개의 원탁에 뢰우를 포함한 열다섯 명이 자리했
다.

"대주. 그……."

"상황이 어떻든 대군이시다."

"흠흠. 그러니까 대군께서 주신 게 뭡니까?"

한 대원이 멋쩍게 헛기침을 내뱉으며 뢰우의 손에 있는
목함을 가리켰다. 당연히 대원들의 시선이 자그만 목함으로
모였다.

"잠력을 격발시키는 약이다."

"대주의 것은 아닐 것이고."

"대군께서 주신 것이다."

목함을 바라보는 뢰우의 동공에 붉은색이 피어났다가 사
라졌다.

야현의 피와 더불어 권능, 최면에 의한 변화였다.

"밤이 저물면 대군께서 남해태양궁에 들어선다고 했다.
목적은 남해태양궁 비처, 열양지의 파괴다."

"본궁을 위함은 아닐 거 아니요."

어느 대원의 퉁명스러운 말.

"그럴지도. 대군의 속은 어떨지 몰라도 중요한 것은 그 행위와 결과가 본궁을 위함이라는 것이다."

몇몇은 동조한다는 듯 고개를 주억거렸다.

"그리고 이리 말했다."

뢰우는 목함에서 눈을 떼며 말을 이었다.

"시일은 장담할 수 없다. 그러나 살아 있다면 함께 돌아간다, 라고."

뢰우는 일일이 수하들의 눈을 마주했다.

"나는. 본궁의 영광을 위하여 기꺼이 내 목숨을 던져볼 생각이다."

시간이 정해지지 않은 작전은 곧 살아 돌아올 확률보다 죽을 확률이 더 높다는 말이기도 하다.

"뭐야? 결국 함께 죽자는 말이 아닙니까?"

분위기와는 어울리지 않는 경박하고 가벼운 대꾸가 툭 튀어나왔다.

"젠장. 아직 자식도 못 봤는데."

"지랄. 결혼도 안 한 놈이 자식 타령은."

가벼운 투닥거림이 이어졌다.

"대주께서 까는데 우리라고 안 깔 수는 없지."

"전에 죽을 때 같이 죽자고 하더니 그 말이 이 말이었구만."

"나는 살아남을 거다."

"이누무 시키가!"

"한 놈은 살아남아야 자랑스럽게 떠들고 다닐 거 아니냐."

한순간 시끌벅적하게 변했지만, 눈빛만은 웃고 떠들지 않았다.

"고맙다."

뢰우의 진심.

"이 약을 마시면 하루 동안 두 배의 힘을 낼 수 있다고 하였다. 그리고……."

"더 말 안 해도 압니다. 이런 약이야 다 그렇죠, 뭐."

폭살대원들은 목함에서 유리병을 하나씩 챙겼다.

"해가 저물 때까지 알아서 쉬어라. 해가 저물면 우리는 태양을 꺼트리러 간다."

뢰우의 말에 폭살대원들은 무언의 기합을 터트렸다.

파드득!

창문 너머 나뭇가지에 앉아 그들을 바라보던 흑조 한 마리가 화들짝 정신을 차리며 하늘로 날아올랐다.

*　　　*　　　*

"후후후."

야현은 눈에 핀 붉은 동공을 지우며 술잔을 들었다.

자자작!

그러자 술잔에 냉기가 피어나며 술에 잔얼음이 만들어졌
다.

"나쁘지만은 않군."

야현은 차갑게 변한 술을 단숨에 털어 넣었다.

"몇이나 살아남을까?"

아마 한 명도 살아남지 못할 것이다.

"화려하게 죽어라. 그래야 흑오가 산다."

야현은 술병을 들었다.

파자자작!

좀 더 강한 냉기에 술이 얼어버려 술잔에 살얼음 몇 덩이
가 뭉텅뭉텅 떨어지다가 말았다.

피식.

자조 섞인 웃음이 이어졌다.

"그 전에 본인이 먼저 살아야 하는가?"

야현은 얼어붙은 술잔을 탁자 위에 던지며 창문 너머로

웅장한 자태를 뽐내는 남해태양궁, 태양성을 바라보았다.

*   *   *

태양이 지고, 어둠이 오자 남해태양궁 태양성은 불야성처럼 횃불과 초롱불들로 밝게 변했다.

야현은 엄청난 수의 횃불이 늘어선 대로에 서서 그 길 끝에 엄청난 위용을 자랑하는 태양성을 바라보았다.

밤에 찾아온 밝은 빛은 더욱 깊은 어둠을 동반하는 법.

야현은 익숙한 기운이 느껴지자 거대한 횃불이 만들어낸 그림자로 몸을 숨겼다.

잠시 후, 야현이 섰던 자리에 뢰우를 비롯한 폭설대원들이 자리했다. 그들의 얼굴은 긴장감으로 한껏 달아올라 있었다.

"죽을 때 죽더라도 북해의 사내처럼 죽자."

뢰우가 태양성을 등지고 수하들의 얼굴을 일일이 쳐다보며 말했다.

"죽으려면 대장이나 죽으쇼. 나는 살아 돌아갈 테니."

"북해의 칼바람을 맞으며 술 한 잔 사주시지 않을 생각이십니까?"

"그동안 감사했습니다, 대주."

몇몇은 경박스럽게, 또 몇몇은 웃으며, 나머지 이들은 차분하게 화답했다.

"준비되었나?"

척!

뢰우의 짧은 명에 폭설대원들은 일제히 부동자세를 취했다.

"북해의 영광을 위하여."

뢰우의 선창에.

"북해의 승리를 위하여!"

"북해의 승리를 위하여!"

"북해의 승리를 위하여!"

작지만 강렬한 대원들의 후창이 이어졌다.

"가자."

뢰우를 선두로 폭설대원들은 태양성을 향해 무겁게 걸어나갔다.

그들이 태양성으로 향하고, 횃불이 만들어낸 짙은 그림자에서 야현이 다시 모습을 드러냈다.

"흑오, 조금만 더 참아라."

야현은 폭설대의 뒷모습을 보며 다시 횃불 그림자로 몸을 숨겼다.

차작— 차자자작!

대로 횃불이 만들어낸 그림자와 그림자 사이에 옅은 얼음이 만들어졌다.

그 얼음은 애초에 눈이 뿌려진 것처럼 한순간 미세한 눈송이로 바뀌었다가 뜨거운 날씨에 곧 수증기가 되어 사라졌다.

그 눈송이는 어느 순간 하늘로 솟아올랐다.

눈발의 정점에 야현이 있었다.

파자자작!

야현의 주위로 마치 불꽃이 튀는 것처럼 얼음이 만들어지기 시작했고, 그 얼음은 이내 십여 자루의 거대한 창으로 변했다.

폭설대가 막 태양성의 성문에 다다랐을 때.

쿠와아아—

십여 자루의 거대한 얼음 창이 번개처럼 태양성 성문으로 내리꽂혔다.

콰과과과광!

단 한 번의 일격에 철벽처럼 느껴지던 거대한 성문이 부서져 내렸다.

갑작스러운 폭발에 폭설대는 걸음을 일순간 멈추었지만, 성문을 부수며 비산하는 얼음의 잔재에 야현의 공격임을 단숨에 알아차렸다.

팟!

서늘한 냉기에 뢰우는 몸을 한차례 웅크렸다가 속을 드러낸 태양성으로 몸을 날렸다.

쿵쿵쿵쿵쿵쿵!

곧이어 적의 침입을 알리는 묵직한 북소리가 숨 가쁘게 터졌다.

야현은 빠르게 태양성으로 들어서는 폭설대를 묵묵히 내려다보며 한 차례 더 음한지기를 끌어올렸다. 음한지기는 그동안 옥죄어 오던 족쇄가 풀리자 폭주하듯 사방으로 냉기를 휘갈겼다.

밤하늘을 휘몰아치는 냉기는 이내 수십 자루의 얼음 화살로 변했다.

"그대들을 향한 마지막 온정이다."

야현은 태양성으로 들어서자마자 겹겹이 에워싼 남해태양궁 무인들을 상대로 고군분투하는 폭설대를 내려다보며 표정을 지웠다.

"후회 없이 삶을 불태우기를."

야현은 잠시 눈을 감으며 중얼거렸다.

"저기, 저기 하늘이다!"

성곽 위 망루에서 어느 남해태양궁 무인의 외침이 터졌다.

쐐애애애— 팍!

수십 자루의 얼음 화살 중, 화살 하나가 빠르게 쏘아졌다.

"하늘에……, 컥!"

그 얼음 화살은 단숨에 목 놓아 외치는 남해태양궁 무인의 목을 꿰뚫었다.

동시에 화살이 크기를 키우고 갈라지기를 반복하며 그 수는 기하급수적으로 늘어나기 시작했다.

자자자작!

음한지기의 급격한 폭주에 휘말린 탓인지 야현의 발과 손끝에서 얇은 결빙이 만들어져 서서히 그의 몸을 뒤덮어나가고 있었다.

결빙이 야현의 몸으로 파고들기 직전, 야현이 눈을 떴다.

번쩍!

얼음에 굴절되는 빛을 보는 듯 푸른 안광이 그의 눈에서 폭사되었고, 그런 그의 등 뒤에는 수천 자루의 화살들이 밤 하늘을 빼곡하게 채우고 있었다.

쑤아아아아아아!

마치 은하수가 쏟아지는 듯한 착각이 일 정도로 밤하늘을 수놓고 있던 수천 대의 얼음 화살들이 부서진 성곽 너머 태양성 안으로 쏟아져 내렸다.

"헙!"

"허억!"

머리 위, 하늘을 뒤덮은 얼음 비에 폭설대를 막아서던 수십 명의 남해태양궁 무인들은 안색이 변하며 기겁성을 터트렸다.

비단 그들뿐만이 아니었다.

폭설대원들도 죽음을 예상하기는 매한가지.

죽음을 각오했지만 이런 죽음은 아니었다.

뢰우가 원망 어린 눈으로 하늘로 시선을 올렸다.

『움직이지 말고 자리를 지켜라.』

그때 야현의 전음이 뢰우와 폭설대의 귓가에 파고들었다.

그 전음에 뢰우는 움찔한 후 움직임을 멈추고 주위의 수하들을 쳐다보았다.

그들도 전음을 들은 것인지 사방에서 적의 칼날이 눈앞

에서 번뜩이고 있었지만 검을 아래로 내리고 더는 움직이지
않았다.

그리고.

콰과과과과과과광!

"끅!"

머리에 지독한 두통이 올 정도로 엄청난 폭음에 미약한
신음을 흘리며 얼굴을 찡그렸다.

그러나 그것도 잠시, 지독한 폭음이 마치 거짓말처럼 사
라졌다.

폭음만 사라진 것이 아니었다.

세상의 모든 소리가 지워진 것이었다.

눈앞의 팔다리가 잘리고 피가 튀며 살기 위해 몸부림치는
적의 모습이 마치 현실이 아닌 꿈처럼 느껴졌다.

그러나 꿈은 아니었다.

남해태양궁 무인들을 꿰뚫거나 성벽을 부수고, 건물을 부
순 얼음 화살이 만들어낸 냉기와 자욱한 눈보라는 거짓이
아니었다.

혹시나 거짓인가 싶어 사방으로 흩날리는 눈송이를 손으
로 가져갔다.

뽀송뽀송하고 포근해 보이는 눈송이는 분명 북해의 것처

럼 차가웠다.

쏴아아아아!

매서운 바람이 휘몰아치며 붉은 꽃이 피어나는 거대한 눈보라를 만들어냈다.

"북해의 바람, 북해의 눈!"

뢰우는 들고 있던 검을 번쩍 치켜들었다.

북해의 눈폭풍 속에서라면 언제든지 죽을 수 있다.

"흐아아아압!"

뢰우는 자욱한 눈보라를 온몸으로 받아들이며 적들을 향해 달려들었다.

쿵쿵쿵쿵쿵쿵쿵쿵!

엄청난 눈보라에 태양성 외성 일부가 완전히 무너졌다. 적의 외침을 알리는 경계의 북소리가 전고(戰鼓)의 울림으로 바뀌었다. 태양성이 분노를 표출하며 검은 든 것이었다.

모든 이목이 폭설대에게로 향할 것이다.

그리고 태양성은 잔인하게 그들을 물어뜯으려 할 것이다.

야현은 사자의 아가리로 들어가는 폭설대를 무심한 눈으로 잠시 바라보다가 열양지가 있는 태양성 내성을 바라보았다. 그리고 어둠 속으로 사라졌다.

제6장

본인의 복수는
가혹하며 잔인합니다

열양지 역시 북해빙궁의 한빙관처럼 남해태양궁 궁주의 거처에 있었다.

다만 한빙관으로 향하는 관문이 궁주 집무실이었다면 열양지로 향하는 관문은 남해태양궁주의 침소라는 점만 다를 뿐, 대동소이했다.

야현은 태양궁이라 적힌 거대한 전각 붉은 기와 위에 모습을 드러냈다.

외성에서 크게 한 번 뒤흔든 여파로 태양궁은 인기척을 느끼기 어려울 정도로 조용하기 이를 데 없었다. 경비에 필

요한 최소 인원만 제외하고 궁주를 따라 외성으로 나간 탓
이었다.

자박 자박 자박.

권능, 투시로 태양궁 내부를 내려다보며 걸음을 옮겼다.

그리고 야현의 걸음이 멈춘 곳은 바로 태양궁주의 침소
위였다.

태양궁주의 침소와 주변에 아무도 없음을 확인한 야현은
어둠을 이용해 궁주실로 이동했다.

태양궁주 침소, 촛불이 닿지 않는 구석에서 야현이 걸어
나왔다.

야현이 망설임 없이 걸어간 곳은 침상과 마주하고 커다
란 석벽이었다.

마치 하나의 병풍처럼 4폭으로 이뤄져 있었는데 태양지
로(太陽之路)가 폭마다 붉게 한 글자씩 새겨져 있었다.

평소라면 야현은 웅장한 필체와 세월의 흔적을 담은 석
벽을 감상했겠지만, 지금은 아니었다.

짧은 찰나의 흐름도 안타까울 정도로 야현과 흑오에게
주어진 시간은 너무나도 짧았다.

야현은 숨도 쉬지 않고 석벽을 투시했고, 그 너머로 지하
로 내려가는 공간을 발견했다. 그 즉시 야현은 어둠을 통해

석벽 너머로 이동했다.

석벽 너머에는 대략 한 평가량의 공간이 있었고, 끝이 보이지 않을 정도로 이어지는 계단이 맞닿아 있었다.

야현은 횃불도 켜지 않고 계단 아래로 몸을 날렸다.

바람처럼 계단을 달려 내려갔지만, 계단의 끝은 좀처럼 나타나지 않았다.

그렇게 한 식경쯤 시간이 흐르자 어둡던 계단에 희미한 빛이 보이기 시작했다.

좀 더 빛에 다가가자 그 빛은 일반적인 밝은 빛과 달리 매우 붉었고, 빛이 붉어질수록 지하로 이어지는 통로의 열기는 숨쉬기 거북할 정도로 뜨거워져 갔다.

한낮의 사막도 이곳보다는 시원할 것 같다는 생각이 들 정도로 열기는 뜨겁게 변해갔다.

뚝— 뚝— 두두둑!

야현의 몸에서는 마치 물을 몇 바가지나 뒤집어쓴 것처럼 땀이 쉴 새 없이 흘러내렸다.

야현은 땀을 흘리지 않는다.

그의 몸에서 흘러내리는 땀은 만년빙정이 만들어내는 얼음이었다.

만년빙정의 얼음이 녹을 정도로 엄청난 열기를 토해내고

있다는 방증이기도 했다. 그러한 물기도 더욱 뜨거워지는 열기에 몸에 맺힐 시간도 없이 곧바로 수증기가 되어 사라져 갔다.

빠르게 내려가던 야현의 걸음이 뚝 멈췄다.

끝 모르게 이어지던 계단의 끝이 눈에 들어온 것이었다.

더불어 열기 또한 극렬해져 만년빙정의 물기는커녕 입고 있던 옷이 열에 녹아 누렇게 타들어 갔다.

평소 더위를 느끼지 못하는 야현이 뜨거움을 느낄 정도였으니 그 열기가 어느 정도인지 상상조차 할 수 없을 정도였다.

더 이상 열기를 참을 수 없었기에 야현은 억눌렀던 만년빙정의 기운을 풀었다.

쏴아아아아!

용광로처럼 달아올랐던 몸에 냉기가 스며들며 야현의 주위로 다시 얼음이 일기 시작했다.

그제야 답답했던 열기에서 벗어날 수 있었다.

'상극은 상극인 모양이군.'

만년빙정의 힘을 완전히 풀어놨음에도 열기에 대항하느라 답답함이 느껴지지 않았다.

야현은 한결 가벼워진 표정으로 좁은 통로를 빠져 나왔

다.

"흠!"

지하라고는 상상하지 못할 정도로 거대한 동공이 나왔고, 넓은 바닥 중앙에는 시뻘건 용암이 마치 도도한 장강처럼 흐르고 있었다.

한빙관도 풍경도 장관이었지만 열양지는 그 이상이었다.

야현은 용암이 흐르는 방향으로 고개를 돌렸다.

그리고 미소가 지어졌다.

멀지 않은 곳에 용암은 더는 흐르지 못하고 고여 있었고, 그 웅덩이 중앙에 마치 사파이어처럼 붉게 빛나는 하나의 환이 보였기 때문이었다.

용정(龍精).

정확한 명칭은 적용화정(赤龍火精)으로 한빙관의 만년빙정과 같은 순수하면서도 지독한 양강지기를 품은 절세의 영약이었다.

"후우—."

긴 날숨.

"흡!"

이어진 짧은 들숨.

한빙관에서 오랜 시간 고민하고 망설였던 것과 달리 야

현은 어떠한 고민도 없이 몸을 날려 용정 앞에 섰다.

"끄으—."

온몸에 만년빙정의 얼음을 두르고 있었음에도 용정의 열기는 냉기를 파고들 정도로 엄청났다.

야현이 용정에 손을 뻗기도 전에.

쏴아아아아아아!

만년빙정이 포효하듯 사방으로 거대한 얼음을 폭사시키더니 용정을 야현과 함께 집어삼켰다.

용암 호수 위에 하나의 거대한 원형 감옥처럼 순식간에 얼음 구체가 만들어졌다.

쩌적— 쩍— 푸학!

단단한 얼음 구체에 굵은 금이 만들어지더니 그 틈을 헤집고 뜨거운 불길이 튀어나왔다. 몇 줄기의 불은 붉은 용처럼 얼음 구체를 포위하더니 거대한 불길을 일으켜 거꾸로 집어삼켰다.

언제 용암 호수 위에 얼음 구체가 존재했었느냐는 듯 거대한 화염구가 이글거렸다.

용정의 승리를 점치려는 순간.

스스스슷!

화염구에서 엄청난 수증기가 피어났다.

동시에 작은 태양처럼 타오르는 화염구의 불길이 요동쳤고, 땅거죽을 뚫고 솟아오르는 물줄기처럼 수십 자루의 뾰족한 얼음이 튀어나왔다.

그 얼음 자루들은 가지를 쳐나가는 나무처럼 뻗어 나갔고, 이웃과 이웃이 이어지더니 다시 거대한 얼음 구체를 만들어냈다.

그리고 다시 화염구를 집어삼켰다.

그렇게 얼음구와 화염구가 번갈아 만들어질 정도로 만년빙정과 용정의 힘은 우열을 가리기 어려울 정도로 비등했다.

두 힘에 파묻힌 야현.

"끄으으."

서로 소멸시키기 위해 치열한 싸움을 펼치는 만년빙정과 용정 속에 야현이 힘겹게 버티고 있었다.

힘의 우위가 바뀔 때마다 야현의 몸은 얼어붙었다가 타다가를 반복했다. 급격한 변화에 야현의 머리카락은 이미 사라진 지 오래였고, 피부마저 썩어 문드러져 갔다.

"후욱— 후욱—."

야현은 힘겹게 숨결을 가다듬으며 버텨냈다.

이대로는 몸이 이겨내지 못할 것이 분명했기에 마기가

녹아든 어둠의 기운을 끌어올렸다.

크그그그그그 크큭!

붉고 푸른색의 싸움에 또 하나의 색, 묵색이 끼어들었다.

어둠의 기운 또한 만년빙정과 용정에 뒤지지 않았다.

그렇게 시작된 삼파전.

비등한 싸움의 연속.

"끄아아아악!"

그러나 야현은 더욱 지독한 고통을 느꼈다.

어둠의 기운도 야현의 일부요, 만년빙정 역시 자신의 일부였다.

거기에 용정마저 야현의 몸과 이어져 있었으니 그 또한 그의 일부였다.

그 싸움은 어떻게 보면 스스로 자해를 하는 꼴이나 매한가지였다.

서로 치열하게 싸울수록 상처입고 죽어가는 것은 세 개의 기운이 아닌 야현 자신이었다.

'이대로는……, 이대로는…….'

야현은 흐릿해져 가는 정신에 죽음을 떠올렸다.

죽음.

야현에게는 죽음은 곧 소멸이었다.

"전진은 넓고, 크다. 네가 어려울 때 너를 따뜻하
게 품어줄 것이다."

'스승님!'
과거 교하 진인의 말이 불현듯 머리에 떠올랐다.
마치 옆에서 가르침을 내리듯.

"가질 수 없다면 품어라."

야현은 부서져 가는 몸을 힘겹게 수습해 가부좌를 틀었
다.
그리고 야현의 시작점이자 원류인 현문정종 심법을 끌어
올렸다.
그리고 잠들 듯 정신을 잃었다.

*　　　*　　　*

북경 중 북경이라 불리는 진경.
화려한 장대한 대저택들이 즐비한 이곳에 거대한 불이

일었다.

수많은 사람이 불길에 모여들었다.

두꺼운 솜옷에 물을 흠뻑 적신 소방수들이 수레에 실려 오는 물을 연신 퍼부으며 화재를 진압하려 했지만, 불길이 워낙 거세 쉽지 않아 보였다.

"쉬이 꺼지지 않을 거 같수, 대장."

"젠장, 이런 불이면 주춧돌 하나 남지 않을 것 같아."

소방수 대장은 시커멓게 변한 수하와 눈을 마주친 후 짧게 소리쳤다.

"옆집으로 불이 번지지 않게 집중한다."

"예!"

"알았수다!"

그 말 한마디에 소방수들은 불을 끄는 것을 그만두고 다른 가옥으로 불이 번지지 않도록 방지하는 작업을 시작했다.

집주인 입장에서 보면 모멸 차다 할 수 있는 명령이었지만.

'그러고 보니 집주인이나 집사도 보지 못했군.'

화재 진압 시 집사나 하인이 와서 잘 부탁한다고 묵직한 전낭을 건네는 일은 일종의 관례였다. 그러한 뒷돈이 사실상 큰 수입원이었기에 아쉬운 듯 입맛을 다시던 소방수 대장이 불현듯 움직임을 멈추고 화마에 덮인 대장원을 바라보았다.

'그러고 보니 아무도 나오지 않았잖아.'

소방수 대장은 문틀만 보아도 그 집이 꾸준히 사람들의 손길을 받는 집인지 폐가인지 알 수 있었다.

불에 타는 대저택.

야풍장은 분명 빈 저택도, 폐가도 아니었다.

'젠장.'

자신이 알 수 없는 일이, 아니 알아서는 안 될 일이 벌어진 것이다.

할 수 있는 일도 없을뿐더러, 큰 불상사 없이 조용히 넘어가기를 빌 뿐이었다.

"불을 끄지 않는다. 완전히 태워."

대장은 은밀히 명을 내렸고, 소방수들도 이상함을 알아차린 듯 교묘히 불길을 조정해 나갔다.

화재는 불길을 잡아가는 소방수들에게는 고욕이지만 구경꾼들에게는 재미난 구경거리가 아닐 수 없었다. 시끌벅적한 시장판처럼 흑풍장 주위에는 불을 구경하는 인파들로 인산인해를 이루고 있었다.

그러한 인파 사이에 한 노인이 있었으니, 바로 마법으로 얼굴을 변화시킨 카이만이었다.

야풍장 내 워프 게이트진이 접속 반응으로 보이지 않았었다.

불현듯 든 불길함에 서둘러 왔더니 역시나였다.

카이만은 잠시 동안 화마로 뒤덮인 야풍장을 바라보다가 뒤로 물러났다. 북적대는 인파들로 인해 그가 서있던 자리는 다른 이로 금방 채워졌고, 그의 흔적은 금방 지워져 버렸다.

군중에서 벗어난 카이만은 인적이 없는 골목으로 들어가 모습을 감췄다.

카이만이 다시 모습을 드러낸 곳은 야풍장의 하늘이었다.

투명 마법으로 모습을 감추고 불길에 휩싸인 야풍장을 내려다보았다.

하늘에서 내려다보니 곳곳에 쓰러져있는 시신들이 보였다.

움직임이 없고, 장원 밖으로 뛰쳐나간 이도 없다 하니.

'모두 죽었겠군.'

야풍장은 하오문의 본문이자, 야회의 눈과 귀였다. 눈이 멀고 귀가 잘렸으니 야회의 움직임은 더욱 움츠러들 것이다.

생각 이상으로 사천당문의 움직임은 빨랐고, 과감했다.

'당림!'

카이만은 어금니를 꽉 깨물었다.

기실 현 상황은 자신의 탓도 없지 않았다.

야회의 숨겨진 힘이라 할 수 있는 워프 게이트 진.

사천당문은 워프 게이트 진을 이용해 빠르게 야풍장을 급습했고, 그 결과가 지금 눈앞에 펼쳐진 처참한 광경이었다.

우선적으로 워프 게이트 진을 폐쇄했어야 했었다.

카이만은 입술을 지그시 깨물며 몸에 냉기 마법을 둘러 몸을 보호하고는 월영의 집무실이자 거처인 건물로 내려갔다.

다른 이들은 어쩔 수 없다 하여도 흑오를 위해서라도 월영의 시신만큼은 수습할 생각이었다.

월영의 집무실로 들어서자 메케한 연기 속에서도 비릿한 혈향이 코끝을 찔러왔다.

쏴아아아—

카이만은 차가운 냉기로 집무실 안 불을 밀어내며 방 안을 살폈다.

피로 범벅이 된 십여 구의 시체가 너부러져 있었다.

"월영."

카이만은 그중 불에 제법 그슬린 한 구의 시체로 향했다.

월영의 시신은 생각보다 더 엉망이었다.

독에 몸 곳곳이 문드러지고, 화마저 덮친 결과였다.

카이만은 그녀 앞에 무릎을 꿇으며 애써 슬픔을 참았다.

그리 긴 시간은 아니었지만 깊은 정이 들었었다.

살갑게 대해주던 그녀는 마치 손주 며느리 같던 아이였다.

카이만은 월영의 부릅뜬 두 눈을 감겨주기 위하여 손을 내밀었다.

"......!"

그녀의 얼굴에 손이 닿자 카이만이 눈이 화등잔처럼 떠졌다.

이내 그의 손이 바르르 떨렸고, 슬픔으로 가득 찼던 표정이 살짝 뒤틀렸다.

"크크크, 크하하하하!"

카이만이 상황과 어울리지 않는 웃음을 터트렸다.

"부부는 일심에 동체라더니."

카이만은 서둘러 월영을 품에 안았다.

"버티거라. 주군이 오시는 시간까지 버텨라. 흑오처럼."

카이만은 월영을 품에 안고 그 즉시 사라졌다.

우르르르르— 콰르르르!

그가 사라지는 동시에 전각이 불길을 이기지 못하고 우르르 무너졌다.

*　　　*　　　*

그 시각, 열양지.

울퉁불퉁한 푸른 구체 표면에, 마치 땅거죽을 뚫고 불룩불룩 솟아나는 뜨거운 용암처럼 붉은 점들이 피어올라 푹푹 터지며 붉은색을 점점 넓혀갔다.

점박이처럼 뒤죽박죽 섞인 붉고 푸른색 사이사이마다 검은 선들이 가지를 치듯 길게 이어져 있었다.

전체적인 모습은 크게 달라지지 않았지만, 구체의 세 가지 색은 매우 빠르고 변화무쌍하게 변하고 있었다.

냉기, 화기, 마기.

또 마기 안에 웅크리며 날카로운 발톱을 숨기고 있는 붉은 혈기까지.

그 기운들이 얽히고설켜 당장이라도 터질 듯 부풀어졌다가 가라앉기를 반복하고 있었다.

복잡하고 복잡한 기운들의 싸움은 치열했다.

언제부터인가 그 사이에 미묘한 색이 끼어들었다.

황금빛.

아니 황금빛이기는 한데 물욕이 번들거리는 금의 색이 아닌 뭐랄까, 순수한 아침 햇살과 같은 태양이 내뿜는 황금빛에 더 가까웠다.

전진의 기운이었다.

그 기운은 자연스레 세 색 사이로 스며들었다.

그러나 마치 물과 기름처럼 그 색들과 부딪히지는 않았다.

워낙 미미한 힘이었기에 난폭한 세 기운, 아니 네 기운들은 전진의 기운에 대해 신경을 쓰지 않았다.

가랑비에 옷 젖는 줄 모른다고 했다.

지금이 딱 그 상황이었다.

물과 기름처럼 스멀스멀 네 기운을 떨어뜨리더니 어느 순간부터는 네 기운의 또렷한 색에 황금빛 색을 물들여나가기 시작한 것이었다.

너무나도 느리게, 그리고 자연스러웠던지라 처음에는 서로의 기운과 부딪히던 네 기운들도 어느 순간 황금빛으로 물든 자신의 색에 화들짝 놀라 흉포하게 날뛰었지만 이미 떨어질 수 없는 한 몸이 되어버린 후였다.

돌이킬 수 없게 되자 상황은 급변하기 시작했다.

황금빛은 단숨에 네 기운을 포용하기 시작했다. 당연히 기운들이 뒤섞이며 순수하게 빛나던 황금빛도 조금씩 다른 색으로 물들어 갔다.

그럼에도 변하지 않는 것이 있었으니.

그건 바로 눈부신 투명함이었다.

그렇게 시간이 흐르고 흘러.

어느 순간부터 구체는 붉고 푸르며 검고 다시 붉은 여러 색을 담고 있었지만, 색과 색의 경계가 모호하게 변했다.

그리고 다시 시간이 흐르자.

색마저 사라졌다.

파삭!

구체가 부서지듯 사라지고.

야현이 눈을 떴다.

'기다리세요, 본인의 복수는 가혹하며 잔인할 겁니다.'

야현은 살기를 거두지 않은 채 고개를 위로 들어 올렸다.

그리고 단숨에 동굴을 부수며 남해태양궁 궁주 침소로
튀어 올랐다.

제7장

개미 새끼는커녕
먼지 한 톨 남기지 않고
지워버릴 겁니다

Vampire

철썩!

피에 흠뻑 젖은 장포가 무겁게 바닥에 떨어졌다.

비릿한 혈향에 남해태양궁 궁주, 태양왕 적염은 가볍게 눈살을 찌푸리는가 싶더니 얼굴을 와락 일그러트렸다.

뢰우를 비롯한 폭설대, 북해빙궁의 무인들을 떠올렸기 때문이었다.

"지독한 놈들."

고작 열다섯 명이었지만 그들의 손에 죽은 남해태양궁 무인들의 수만 일백 명이 훌쩍 넘어갔다.

개미 새끼는커녕 먼지 한 톨 남기지 않고 지워버릴 겁니다 133

치가 떨릴 만큼 독한 놈들이었다.

목이 마르면 적의 피로 갈증을 달랬고, 손발이 잘리면 이빨로 물어뜯으면서까지 야차처럼 달려들었다. 오죽했으면 기 천의 본궁 무인들이 그들의 광기에 주춤하며 물러났을까.

본궁의 사기를 위해 결국 자신이 나서야 했고, 잔인하게 보일 정도로 보란 듯이 주먹으로 쳐죽였다.

문제는 지독한 고통 속에 죽어가면서도 그들은, 특히 수장으로 보이는 자는 기꺼운 웃음을 터트리며 죽었다는 것이다.

문득 그자의 웃음소리와 표정이 머릿속에 떠올랐다.

"왜?"

마치 광신도처럼 무엇이 그토록 죽음마저 웃으며 받아들일 수 있게 만들었을까, 문득 의문이 들었다.

북해빙궁은 종교 집단이 아니다.

이유가 있을 것이다.

죽음마저 넘어서는 이유가 반드시 존재할 것이다.

"무엇일까?"

중얼거리며 생각에 잠기던 태양왕 적염의 눈이 부릅떠졌다.

그리고 그가 빠른 걸음으로 침소로 향했다.

침소에 들어선 적염은 침상 맞은편에 자리한, '태양지로'가 새겨진 석벽 앞으로 향했다.

열양지로 향하는 석벽이 열린 흔적은 없었다.

이 석문 외에 열양지로 향하는 길은 없다.

열양지만 아니면 된다. 다른 이유야 천천히 찾아 해결하면 되리라.

"후우—."

태양왕 적염은 안도의 한숨을 내쉬고는 석벽을 부드럽게 쓰다듬으며 침상 쪽으로 몸을 돌렸다.

두세 걸음을 내디디기가 무섭게 세워졌다.

태양왕 적염의 눈썹이 바르르 떨렸다.

동시에 서서히 커져가는 눈 안에 눈동자가 조금씩 흔들리기 시작했다.

바닥에서 느껴지는 미세한 진동.

분명 땅 아래에서 느껴지는 것이었고, 그 울림은 또렷하게 느껴질 정도로 커지고 있었다.

태양왕 적염은 빠르게 몸을 돌리는 동시에 크게 한 걸음 물러났다. 그리고 입술을 깨물며 석벽을 쳐다보았다.

구르르르르.

이내 땅이 갈리는 소음과 함께 네 폭의 석벽이 뒤틀리며 돌가루가 우수수 떨어져 내렸다.

콰과과광!

그리고 어떤 대응을 할 시간조차 없이 태양지로 석벽이 폭발하듯 부서졌다.

그 여파로 잘잘한 석벽 파편들이 사방을 비산하며 그의 몸을 때리고 할퀴었지만, 태양왕 적염은 눈을 부릅뜬 채 그 자리에서 미동조차 하지 않았다.

우르르르— 퍼석!

석벽, 아니 석문이 부서지고 드러난 공간으로 한 인물이 걸어 나왔다.

"누구냐!"

적염에게서 분노가 고스란히 느껴지는 싸늘한 목소리가 흘러나왔다.

대답 대신.

무너진 석벽에서 튀어나온 그림자는 단숨에 적염 앞에 섰다.

전라의 그림자는 바로 야현이었다.

"네 이……, 컥!"

야현은 뜨거운 열기를 터트리며 살기를 표출하는 태양왕

적염의 목을 움켜잡았다.

"어리군."

야현은 태양왕 적염의 얼굴을 직시하며 중얼거렸다.

"생각보다 약하고."

야현은 볼 것도 없다는 듯 그를 침상으로 던졌다.

"크윽!"

침상에 처박힌 태양왕 적염은 빠르게 몸을 세운 후 손으로 목을 주무르며 미약한 신음을 삼켰다. 그리고 다시 야현을 향해 살기를 쏘았다.

그러거나 말거나.

야현은 몸을 틀어 침실 한쪽에 자리한 거대한 옷장을 향해 가볍게 손을 저었다.

콰드득— 파자작!

옷장 문이 하나같이 거칠게 뜯겼다.

야현은 수백 벌의 옷을 빠르게 훑었다.

남해태양궁의 상징 때문인지 붉은색이 대부분이었지만 다행히 야현이 좋아하는 새하얀 색의 무복도 한 벌 있었다.

당연히 야현의 시선이 닿은 새하얀 무복은 야현 앞으로 날아왔다.

"훗!"

그 순간 야현이 자그만 웃음을 터트리며 태양왕 적염을 향해 고개를 돌렸다.

구오오오오오!

동시에 야현의 몸에서 거대한 기운이 폭사되었다.

야현의 눈동자가 불처럼 밝은 붉은색으로 변하자 폭사되는 내력은 엄청난 열기를 담은 양강지력으로 바뀌었다.

그 열기가 얼마나 뜨거운지 태양왕 적염이 서 있던 침상의 나무틀이 수분을 잃고 쩍쩍 갈라지고 뒤틀어지며 단숨에 말라버렸다.

"헙!"

야현은 야현의 내력, 열양지기를 버티지 못하고 사시나무처럼 몸을 떨며 간신히 버티는, 태양왕 적염의 핏발이 선 눈을 직시하며 천천히 순백의 무복을 입었다.

"나쁘지 않군."

몸에 딱 맞지는 않았지만, 그럭저럭 몸을 가릴 정도는 되었다.

"훗!"

야현은 조소를 날리며 그를 옥죄는 기운을 풀었다.

"허억―, 헉헉헉!"

야현은 거친 그의 숨소리를 들으며 단숨에 허공을 찢었

다.

찢어진 공간 사이로 한빙관의 맑은 호수가 비춰졌다. 그러나 야현의 눈은 맑은 호수가 아닌 그 앞에 누워 있는 사내, 흑오에게로 향해 있었다.

야현은 단숨에 허공을 넘었다.

쏴아아―

야현이 사라지자 찢어진 공간은 흔적조차 없이 빠르게 사라졌다.

너무나도 짧은 시간에 폭풍처럼 몰아친 상황.

부서진 석벽과 말라비틀어진 침상, 누렇게 타들어 간 이불보가 아니라면 꿈이 아니었을까 싶을 정도로 믿기 힘든 시간이었다.

『다시 오마.』

짧은 전음에 태양왕 적염은 입술을 깨물며 의지와 상관없이 파르르 떨리는 몸을 느껴야 했다.

*　　　*　　　*

야현은 한빙관에 들어서자마자 흑오의 몸을 끌어당겼다.

눈앞으로 날아온 흑오의 몸을 살핀 야현의 얼굴이 일그러졌다.

아슬아슬하다.

야현은 이빨로 거칠게 팔목을 뜯어 콸콸 쏟아지는 피를 흑오의 입으로 가져갔다.

스스로 피를 삼키지도 못할 정도로 흑오의 몸은 죽음과 맞닿아 있었다.

야현은 다른 손으로 흑오의 목 혈도를 두들겨 강제로 피를 삼키게 했다.

엄청난 양의 피를 넘겨준 후 야현은 흑오의 몸을 조심스럽게 땅에 내려놓았다.

그때.

팟—

검은 빛무리가 터져 나왔다.

"카이……."

야현은 카이만을 발견하고 그의 이름을 부르다가 입을 꽉 닫았다.

그의 품에 안긴 또 하나의 인물.

"월영."

"다급합니다, 주군."

야현의 몸이 바르르 떨렸다.

제갈지소의 소멸.

흑오.

이번에는 월영까지.

"으아아아아아아!"

야현은 결국 분노를 참지 못했다.

"개미 새끼는커녕 먼지 한 톨 남기지 않고 지워버리겠다!"

＊　　　＊　　　＊

카이만이 마법으로 만든 커다란 장방형의 석단 위에 흑오와 월영이 나란히 누워 있었다. 둘을 내려다보는 야현의 표정은 무겁기 그지없었다.

흑오는 시일이 지체되었고, 월영의 상처는 매우 심각했다.

야현의 피로도 그 둘의 명줄을 연장시킬 뿐 다시 눈을 뜨게 만들지 못했다.

이 상태로는 살아 있어도 산 것이 아니었다.

콰직—

야현은 양 손목을 이빨로 물어뜯었다.

상당한 양의 피가 허공으로 흘러나와 각기 둘의 입으로 흘러들어 갔다.

한껏 피를 먹인 후 야현은 몸을 날려 둘 사이에 내려앉았다.

야현은 가부좌를 틀고 양손을 둘의 아랫배, 단전 위에 올려놓았다.

"이마저도 너희를 살리지 못한다면 본인은 안식을 줄 것이야."

후우우웅—

야현의 몸에서 기이한 울림이 만들어졌다.

그 울림 안에서 상반된 기운이 흘러나왔다.

붉고, 푸른.

화염과 냉기였다.

마치 하나의 태극처럼 야현의 몸을 한 번 휘감은 두 기운은 각자 인도에 따라 화염은 흑오의 단전으로, 냉기는 월영의 단전으로 스며들었다.

"그러니 눈을 떠라."

구오오오오!

하나의 공간이 야현을 중심으로 마치 칼로 베어낸 듯 한쪽은 뜨거운 열기로 달아올랐고, 다른 한쪽은 매서운 냉기에 얼어붙어 나갔다.

상당한 양의 기운을 불어넣은 후 야현은 미끄러지듯 석단에서 뒤로 물러나 바닥에 내려섰다.

"주군."

"중원에 있는 모든 워프 게이트 진의 폐쇄 준비를 마쳤사옵니다."

"피해는?"

"사천당문에 합류, 인근 중소문파로 위장하였던 혈사련 소속 문파들은 궤멸에 가까운 피해를 입었으며, 중원 각지에 자리를 잡은 그 외 문파들은 정체 및 위치가 속속 드러나고 있사옵니다. 그리고……."

"됐다. 모두 갈리오스 공작령으로 집결시켜. 기반은 다시 쌓으면 돼."

엄청난 피해가 발생했고, 또 사천당문의 주도로 발생하고 있었다.

"남은 자들에게 모두 명을 내리도록 하겠사옵니다."

"사천당문은?"

야현의 살심이 일단 향한 곳.

"독제로 칭한 당림과 당한경을 비롯한 주요 무력단체는 정주에 있사옵니다."

무림맹.

"본문을 잃은 문파를 수족으로 삼았겠군."

딱히 카이만의 대답이 없어도 현 상황을 알 수 있었다.

"카이만."

"예, 주군."

"그대가 무림맹에 가줘야겠어."

"그 말씀은……."

"당학성, 아니 당림에게 본인의 말을 전해."

카이만이 묵묵히 허리를 숙였다.

"지금 이 시각 이후, 사천당문의 본문은 주춧돌 하나 남지 않을 것이다. 그리고 기다려라. 그대들과 알든 모르든 그대들의 편에 섰던, 또한 그와 티끌 하나라도 관련된 모든 것들을 이 땅에서 지워버릴 것이다."

"토씨 하나 틀리지 않게 전하겠나이다."

"그 후 그대도 갈리오스 공작령으로 집결해."

"홀로 사천당문으로 향하실 생각이십니까?"

야현이 차가운 웃음을 짓자, 카이만이 품에서 반지 두 개와 오십여 알의 검은 구슬을 넘겼다.

"스켈레톤 씨앗이로군."

씨앗 하나당 스켈레톤 열 구.

총 오백여 구의 스켈레톤이었다.

"남궁무결과 일위, 두 구의 다크 나이트가 담겨 있사옵니다."

이 둘과 오백 구의 스켈레톤이라면 사천당문을 완벽히 포위할 수 있었다.

"개미 새끼 한 마리도 놓치지 않을 것이옵니다."

"잘 쓰지."

"그럼 언제 가실 생각이시옵니까?"

"지금."

야현은 두 개의 반지를 손가락에 끼자마자 허공을 찢었다. 동시에 카이만도 무림맹으로 가기 위하여 마법 지팡이를 허공으로 들어올렸다.

촤아악—, 팟!

두 개의 파음과 함께 둘의 신형이 그 자리에서 사라졌다.

*　　　*　　　*

무림맹 맹주실.

화려한 태사의에 당림이 앉아 조용히 차를 마시고 있었다.

끼익—

맹주실 문이 열리고 당한경이 무복에 묻은 먼지를 털며 안으로 들어왔다. 맹주실 안에 먼지가 풀풀 날리자 당림이 찻잔을 손으로 덮으며 살짝 인상을 찌푸렸다.

당한경은 익숙하게 하좌에 자리하고 앉았다. 당림이 독신의 경지에 오르고 그에게 가주 자리를 넘겨주었기 때문이다. 비록 전대 가주이기는 하나 스스로 가문의 무인이 된 것이었다.

"결과가 좋지 않은 모양이군요."

당림은 빈 찻잔에 차를 채워 당한경에게 건넸다.

"벌써 눈치를 챈 듯 모두 빠져나간 후였다."

당한경이 녹암대와 무림맹 소속 현무단을 이끌고 정주 뒷골목 왈패를 덮쳤다.

정확히는 왈패로 변장한 혈사련의 두 거두문과 패천문과 거권방이었다.

"한 번에 처리했으면 좋았으련만."

허나 그러기에는 사천당문의 병력이 부족했다.

"아니나 다를까 땡중이 발목을 잡았어."

당한경이 전 무림맹주 원중을 거론하며 차를 들었다.

제갈지소를 죽이고, 혈사련의 존재를 밝힌 후 설득 반,

무력 반, 그리고 차후 이권과 대대적인 지원을 약속한 후에야 당림이 무림맹주에 오를 수 있었다.

문제는 최대한 빨리 무림맹을 접수한다고 했지만 제법 시간을 잡아먹은 것이었다.

"생각만큼 진행된 것이 없군요."

하오문도 본문, 머리만 쳐냈을 뿐 팔다리는 여전히 살아 있었다.

문제는 실질적인 힘인 하오문의 정보 체계를 손에 넣지 못했다는 것이다.

성과라면 혈사련 정도이다.

하지만 실질적으로 혈사련의 주체인 혈랑문, 묵룡신가, 패천문, 거권방 역시 놓친 것이라 좋은 성과라고 볼 수는 없었다.

스물스물 짜증이 일어났는지 당림의 미간에도 주름이 서서히 깊게 파여 갔다.

"그래도 흑오, 하오문, 제갈지소. 야현의 머리를 잘라냈으니 나쁘지만은 않은 성과다. 그리고 무림맹이라는 방패막이도 손에 쥐었으니."

썩 만족스럽지는 않지만 최소한의 목표는 달성한 바였다.

"이 아비는 최대한 야회의 손발을 잘라낼 터이니, 가주는 확실히 무림맹을 손아귀에 움켜잡아야 하네."

"알겠습니다."

둘 대화 사이에, 낯선 웃음이 끼어들었다.

"우히히히히!"

순간 당림과 당한경의 표정이 굳어졌다.

마치 유령처럼 카이만이 그늘진 구석에서 걸어 나와 둘 앞에 섰다.

"우히히히히."

그리고 다시 한 번 괴소를 터트렸다.

"주군께서 이 말을 전하라 하셨다."

당한경이 자리에서 일어나려는 것을 당림이 조용히 말렸다. 자신감의 발로였다.

"말해 보라. 그가 뭐라 전하라 했던가?"

당림은 느긋한 표정으로 찻잔을 들며 말했다.

"험험."

카이만은 목을 한차례 가다듬은 후.

"지금 이 시각 이후, 사천당문의 본문은 주춧돌 하나 남지 않을 것이다. 그리고 기다려라. 그대들과 알든 모르든 그대들의 편에 섰던, 또한 그와 티끌 하나라도 관련된 모든 것들을 이 땅에서 지워버릴 것이다."

당림의 말이 끝나자마자,

"뭣이라?"

당한경이 너무 놀라 그 자리에서 튀어 올랐고, 당림 역시 자리만 지키고 앉아 있을 뿐 표정은 굳어질 대로 굳어져 있었다.

"지금쯤 아름다운 비명소리와 황홀한 화마가 사천당문을 뒤덮고 있겠군. 우히히히히히!"

카이만의 괴소는 더욱 커졌다.

그 웃음에 맞춰 당림의 표정은 빠르게 지워져 갔다.

스으으으—

어느새 카이만의 발밑에는 검은 무언가가 드리워져 있었고, 그 무엇은 빠르게 카이만의 발을 시작으로 몸을 휘감고 올라갔다.

츠츠츠츠츠츠—

검은 무엇은 독이었고, 그 독은 퀴퀴한 연기를 토해내며 단숨에 카이만의 몸을 휘저었다.

당림의 독은 카이만의 몸을 갈기갈기 찢어발겼지만.

"우히히히히!"

카이만은 독을 조종하는 당림을 직시하며 더욱 진한 괴소를 터트렸고, 당연히 당림의 얼굴에는 당혹감이 빠르게 만들어졌다가 사라졌다.

독에 카이만의 몸이 마치 신기루처럼 몸 일부가 사라졌다가 만들어지기를 반복하며 하늘하늘거렸다.

진체(眞體)가 아닌 허상.

"아무렴 노부가 그냥 왔을라고? 우히히."

카이만의 허상은 태사의 앞에 놓인 탁자마저 통과하며 당림 앞으로 걸어가 섰다. 그리고 허리를 숙여 얼굴을 가까이 마주했다.

"기다리며 지금을 즐겨라. 주군이 올 때까지."

퍽!

동시에 그의 몸이 터지듯 연기가 되어 사라졌다.

"우히히히히!"

괴소가 이어지는가 싶더니.

"아! 순간 이동 마법진은 폐쇄되었으니 쓸데없는 노력 따위는 안 하는 것이 마음 편할 것이야. 우히히히히!"

차장창창창!

찻잔 하나가 당림의 손에서 산산조각 부서졌다.

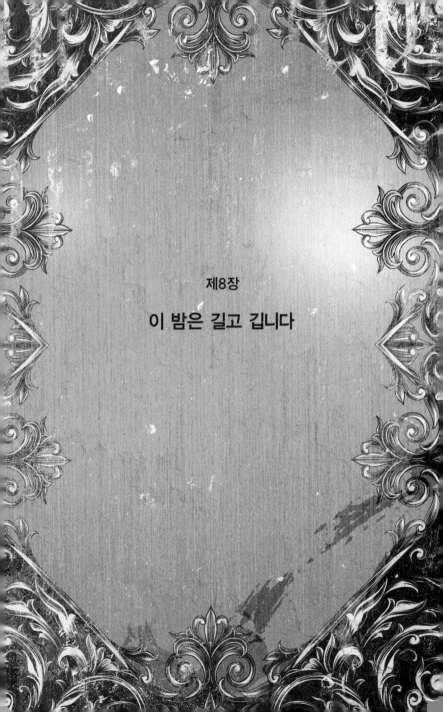

제8장

이 밤은 길고 깁니다

하나의 성채를 보는 듯 거대한 대장원.

사천당문이라 적힌 현판이 사천성 성도(省都) 성도(成都) 시가지를 내려다보고 있었다. 며칠 전 한바탕 휘몰아쳤던 피바람이 마치 거짓말처럼 평온하고 고요했다.

사천당문 정문으로 이르는 대로로 야현이 들어섰다.

야현은 사천당문 현판을 직시하다가 허공으로 몸을 날렸다.

야현은 달을 배경 삼아 허공에서 사천당문을 내려다보며 검은 씨앗, 오십 개의 스켈레톤 씨앗을 허공에 뿌렸다.

그 씨앗들은 대장원을 크게 두른 담장 주위로 골고루 흩어졌다.

금광이 묻어나는 잿빛 기운이 반지로 스며들자.

우드드득—

담장 아래 땅거죽이 찢어지며 새하얀 뼈가 불쑥 튀어나왔다.

씨앗에서 태어난 스켈레톤들이었다.

특이한 것은 야현의 기운에 영향을 받아서인지 스켈레톤들의 뼈는 흰색이 아닌 회색빛이 감돌았고, 안광은 푸르스름한 귀광이 아닌 은은한 금빛을 띠었다.

달그락— 달그락!

스켈레톤들은 어깨를 들썩이며 녹슨 검을 들어 올렸다.

이어 야현의 또 다른 반지로 기운이 스며들었고, 곁에 두 구의 온통 검은 갑옷을 입은 두 명의 기사, 다크 나이트가 모습을 드러냈다.

일위, 그리고 남궁무결.

"일위, 그대는 정문을 맡아라."

『아, 알았다.』

"무결, 그대는 후문."

『—명.』

각자의 위치로 돌아서는 다크나이트들에게 야현의 명이
이어졌다.

"살아 있는 존재는 그 무엇이 되었든 놓치지 마라."

『⋯⋯놓치지 않는다.』

『명.』

살아 있을 적 성향이 그대로 묻어오는 복명과 함께 둘
은 각자의 위치로 내려갔다.

"잘 만들었군."

둘에게서 느껴지는 기운은 생각 이상으로 강렬했다.

짧은 감상을 뒤로하며 야현은 눈을 감았다.

갈갈한 사내의 숨결, 가느다란 여인의 숨결, 작디작은 아
이의 숨결에 거친 동물의 숨결까지, 수많은 숨결이 잔잔한
바람을 통해 느껴졌다.

야현은 조용히 눈을 떠 발아래 드리운 사천당문을 내려다
보았다.

평온한 사천당문의 풍광과 달리 그를 바라보는 야현의
눈에는 시퍼런 살심이 담겨 있었다.

야현은 정문과 이어진 대연무장으로 내려섰다.

어둑해진 사위에 네모반듯한 연무대 주위에는 커다란 횃
불이 켜져 있었고, 일렁거리는 횃불 빛에 의지해 대여섯 명

의 하인이 뒤늦게 청소를 하고 있었다.

삭— 삭— 삭—

"음? 누구……."

연무대 장판석을 쓸던 늙수그레한 하인이 연무장 중앙에 서 있는 야현을 발견하고는 잠시 빗질을 멈추며 허리를 폈다.

서걱!

동시에 피가 튀며 목이 잘려 바닥으로 떨어졌다.

잘린 머리는 연무대 반대편에서 빗질을 하는 젊은 하인에게로 굴러갔다.

"뭐가 이리 굴러 댕겨?"

발에 툭 치이는 뭔가에 젊은 하인은 귀찮다는 듯 건성으로 빗자루로 툭 치며 내려다보았다.

사천당문 무인들이 수련을 늦게 마치는 바람에 제때 저녁도 못 먹게 된 터라 목소리에는 짜증도 한가득 담겨 있었다.

날이 저물어 잘 보이지 않는 까닭에 그는 몸을 틀어 횃불 빛에 의지하며 좀 더 자세히 살피기 위해 허리를 숙였다.

혹시나 사천당문 무인들의 것이라면 그게 무엇이든 잘 보관해 놔야 하기 때문이었다.

"헙!"

거무튀튀해 잘 보이지 않았던 그것은 하인이 빗자루로 툭툭 치자 횃불 빛에 그 모습을 드러내었다.

먼저 다리가 부들부들 떨리고, 공포에 젖은 경련은 팔로 이어졌다.

탁—

손에 들린 빗자루가 바닥으로 떨어지고, 이어서 그의 엉덩이도 바닥에 엉덩방아를 찧었다.

"으아……."

하인의 입에서 비명이 터지자마자.

서걱!

그의 머리도 잘려 바닥으로 떨어졌다.

"어이, 정씨."

분명 이상한 소리와 낌새에 연무대 아래서 빗질하던 중년의 하인이 잠시 빗질을 멈췄다.

"뭔 일이야?"

"……"

"그나마 따슨 밥 묵으려면 후딱 끝내야 한다고. 어?"

"……"

아무런 대답도 들려오지 않았다.

"어? 내 말 안 들려? 엉?"

한차례 고함을 더 질렀지만 역시나 돌아오는 대답은 없었다.

"니미."

이상함에 중년 하인은 빗질을 멈추고는 지척에서 함께 청소를 시작했던 다른 하인들을 쳐다보았다.

"음?"

그들은 연무대 위를 보고 있었는데, 무언가에 놀란 듯 미동조차 하지 않고 있었다.

"무슨 일인데 그래?"

엄한 일로 자꾸 시간을 잡아먹자 중년 하인은 짜증 가득한 얼굴로 연무대 위로 고개를 들었다. 위치가 애매해서 연무대 위가 잘 보이지 않았다.

"이봐. 무슨 일인데 그래? 앙?"

돌아오는 대답은 없었다.

연무장 안에도 자신을 포함해 다섯 명이 들어왔고, 그걸떠나 눈앞에 두 명의 동료 하인이 서 있었다. 그런데 혼자떠들어대는 미친놈이 된 것처럼 돌아오는 대답이 없으니 없던 화도 치밀 정도였다.

중년 하인은 거친 걸음으로 연무대를 올려다보고 있는 두명의 하인에게로 다가가 우악스럽게 가슴을 툭 쳐서 밀었다.

"스뻴, 이 새끼야, 귀가 먹었어? 왜 묻는 말에……. 어? 어?"

가슴을 민 동료의 몸은 수수 짚단처럼 힘없이 뒤로 넘어갔다.

푸학!

그리고 미지근한 물이 튀어 그의 얼굴을 적셨다.

"야! 야! 왜, 왜 그래?"

중년 하인은 순간 화가 치밀었지만 동료를 해할 정도로 마음이 악하지 않았다.

아니, 오히려 동료가 쓰러지자 겁을 먹고 재빨리 다가갔다.

"이봐, 이……. 허억!"

있어야 할 머리는 없었고, 잘린 목에서 피가 철철 흘러내리고 있었다.

그제야 얼굴에 튄 미지근한 물이 피라는 것을 깨달은 것이었다.

"으어—, 어, 으아."

겁에 질리면 아무런 말도 나오지 않는다고 하더니, 중년 하인은 애써 무슨 말을 내뱉고는 있었지만 그것은 말이라고 할 수 없을 지경이었다.

"으아아!"

주저앉아 오들오들 떨기를 잠시, 그는 갑자기 몸을 틀어 이 자리를 벗어나기 위해 허둥지둥 담박질하다 여전히 우두 커니 서 있는 또 다른 동료와 부딪히며 서로 엉켜 바닥에 나 뒹굴었다.

허우적거리며 자리에서 일어나는 중년 하인의 눈앞에는 또 다른 동료의 잘린 머리가 홀로 나뒹굴고 있었다.

"아아아아아아아!"

그리고 중년 하인의 잠겼던 비명이 터졌다.

그는 다시 허둥지둥 자리에서 일어나 사천당문 무인들이 있는 정문으로 뛰어가려다가 동료 머리를 밟고 다시 바닥에 처박혔다.

그럼에도 중년 하인은 살기 위해 악착같이 정문이 있는 곳으로 달려 나갔다.

비명과 함께 중년 하인이 사라진 연무장, 연무대 중앙에 야현이 섬뜩한 표정으로 서 있었다.

"천천히. 천천히."

모조리 죽이리라!

사천당문의 땅을 밟고 서 있는 모든 생명들을!

이 밤은 길고 길다.

                    *   *   *

사천당문 대문 양 기둥 앞에 커다란 화톳불이 지펴져 있
었다.

그리고 두 화톳불에 사천당문 녹수단 소속 일개 조의 조
원들이 네댓 명씩 모여 있었다.

"조용하군."

"그러게 말이야."

누군가의 중얼거림에 다른 동료가 혼잣말처럼 화답했다.

며칠 전만 해도 하루가 멀다 하고 피를 적시는 싸움의 연
속이었다.

지금의 이 여유로움이 마치 꿈인 듯 느껴질 정도였다.

"임무 중에 누가 잡담을 나누라 했나?"

조장의 나직한 호통에 조원들은 다급히 입을 닫았다.

다시 찾아온 정적.

그러나 다시 찾아온 정적도 잠시.

꽈당!

대연무장으로 통하는 문이 부서질 듯 열렸고 한 사내가

땅바닥에 나뒹굴며 허겁지겁 뛰어나왔다. 당연히 정문 경비를 서던 이들의 눈이 그에게로 향한 것은 자명한 일.

"귀, 귀신! 귀신이다!"

이들을 본 하인은 고래고래 소리치며 달려왔다.

"귀신입니다요. 목을 자르는 귀신이 나타났사옵니다요."

사천당문 무인들의 앞에 뛰어온 하인은 다급히 소리쳤다.

"귀, 귀신?"

조장이 얼굴이 슬쩍 구겨졌고,

"살려주십시오. 소인을 살려주십시오."

그 표정을 본 하인은 죽기 살기로 조장의 바짓가랑이를 움켜잡으며 애원하듯 울부짖었다.

"하하, 푸하하하하!"

"푸하하하하하!"

그 모습이 한편으로 우스꽝스럽기도 하여 경비를 서던 무인들은 하나둘씩 웃음을 터트렸다.

"이, 이놈아. 그만 당겨라. 바지가 벗겨진……."

조장은 바지가 벗겨지는 것을 막기 위해 허리춤을 움켜잡았다.

그리고 하인을 향해 정신 차리라 꾸지람 아닌 꾸지람을 하려다 입을 닫았다.

하인의 몸에서 피 냄새가 풍겼기 때문이었다.

조장은 재빨리 하인의 턱을 잡아 올려 화톳불에 그의 얼굴을 비췄다. 역시나 그의 얼굴에는 피가 한가득 묻어 있었다. 재미난 구경거리를 보듯 모여든 조원들도 당연히 화톳불에 비친 피를 보았고 단숨에 얼굴들이 굳어졌다.

"당호삼."

"예, 조장."

아무리 방계로 이뤄진 녹수단이라고 해도 엄연한 당가의 무인이었다.

늘어진 모습들은 온데간데없었다.

"너는 남아서 비상종에서 대기해."

여차하면 비상종을 울리라는 명.

"명."

"나머지는 나를 따른다."

조장은 피독수(避毒手)를 끼며 대연무장으로 들어가는 문을 바라보았다.

조장은 짧게 조원들과 눈빛을 주고받은 후 활짝 열린 문으로 다가갔다.

휘이이잉—

미약한 바람이 문을 통해 흘러나왔고, 동시에 선명한 혈향이 느껴졌다.

조장은 조심스럽게 넓은 대연무장 안을 살폈다.

어둠 속에 언뜻 쓰러진 몇 구의 시신이 눈에 들어왔다.

눈에 내력을 집중시켜 안력을 키웠지만, 내력이 높지 않았기에 온전히 살피지는 못했다.

"누구냐?"

답답한 마음에 조장은 서슬 퍼런 목소리로 외치며 대연무장 안으로 조심스럽게 들어섰다.

뒤를 이어 조원들도 주위를 경계하며 대연무장 안으로 발을 내디뎠다.

휘이잉—

등에서 한 줄기 바람이 분다 느끼는 순간.

쾅당!

활짝 열렸던 문이 거칠게 닫혔다.

"히익!"

조원 중 누군가가 겁에 질린 듯 기겁성을 터트렸다.

서걱!

이어 머리카락이 쭈뼛 서게 하는 섬뜩한 파음이 귀를 파고들었다.

"컥!"

짧은 단말마.

툭!

공처럼 둥근 것이 굴러와 다리를 툭 건드렸다.

조장은 자신도 모르게 발아래로 시선을 내렸다. 발을 툭 건드린 것은 수하의 수급이었다. 수하의 잘린 목을 보자 조장의 눈은 순간 흔들렸다.

서걱!

좀 더 선명한 절삭 파음이 바로 옆에서 들려왔다.

툭!

얼굴에 뜨끈한 피가 튀었지만, 조장은 발아래로 고개를 내렸다.

바로 옆에서 보좌하던 수하였다.

근 십여 년간 함께 웃고 울며 형제처럼 지내온 이였다.

기척도 느끼지 못했다.

어떤 수에, 어떤 무구에 죽었는지 감조차 오지 못했다.

아니, 적의 그림자도 보지 못했다.

그렇게 마음이 잠시 흔들리며 무너졌고,

"으악!"

고통스러운 짧은 비명에 조장의 멍하니 흐려졌던 초점이 다시 돌아왔다.

그리고 눈에 들어온 것은 도합 여덟 개의 잘린 머리였다.

몸이 의지와 상관없이 떨리기 시작했다.

공포가 그의 의식을 집어삼킨 것이었다.

"누구냐? 누구냐!"

수하들의 죽음이 애석하기는 하지만 그들처럼 죽고 싶지
않았다.

적의 모습이 눈에 보이지 않기에 조장은 품에서 피독낭을
꺼내 사방으로 독을 뿌렸다.

서걱!

날카로운 고통이 왼팔을 스치고 지나갔다.

"끄윽!"

조장은 이빨을 꽉 깨물며 다시 안력을 키웠다.

그리고 눈앞에 나타난 흐릿한 신형에 동공이 확장되었다.

"죽엇!"

적이 누구인지 정체를 알지 못한다.

그럼에도 일단 살아야겠다는 생각에 조장은 눈앞에 모습
을 드러낸 적을 향해 앞뒤 가리지 않고 피독낭을 통째로 휘
둘러 독을 퍼부었다.

자욱하다 못해 뿌연 독 가루가 그림자를 소복하게 뒤덮
었다.

"하아─, 헉헉헉!"

그 모습에 조장은 안도의 한숨을 내쉬며 뒤로 몇 걸음 내딛다가 바닥에 주저앉아 거칠게 숨을 몰아쉬었다.

"크크크크크크!"

그런 그의 귓가로 섬뜩한 웃음소리가 들려왔다.

조장의 몸이 그 웃음에 움찔거렸다.

조장은 식은땀 범벅인 얼굴로 고개를 들어 앞을 바라보았다.

붉은 눈동자 한 쌍이 그의 눈에 박혀 들었다.

당호삼은 굵은 줄을 움켜잡은 채 초조한 듯 굳게 닫힌 대연무장 문을 바라보고 있었다.

시간이 제법 흘렀음에도 아무런 소리도 들리지 않았다.

"니미럴."

당호삼은 줄을 움켜잡고 있던 손을 바꾸며 축축하게 젖은 손바닥을 옷에 문질러 닦았다.

"으아아아아아악!"

억만겁 같던 시간 끝에 대연무장 안에서 비명이 터져 나왔다.

"조, 조장? 젠장!"

당호삼은 재빨리 끊어져라 줄을 당겨 종을 쳤다.

댕댕댕댕댕댕댕—

*   *   *

"흠."

임시로 가주 대행직을 수행하는 녹독대주 당혁은 피곤함
에 목과 어깨를 주무르다 말고 피식 웃음을 터트렸다. 뱀파
이어가 된 후로 육체적 피로를 느끼지 못했다. 그럼에도 습
관적으로 목과 어깨를 주무른 것이었다.

"으으으!"

당혁은 기지개를 켰다.

육체적 피로는 없었지만, 기지개가 주는 나른함에 기분
좋은 미소가 지어졌다.

시원한 밤바람을 마시고 싶어 자리에서 일어나 창문을 활
짝 열었다.

시원한 밤공기가 정신적 피곤을 씻어주었다.

"하하하하하!"

갑자기 유쾌한 웃음이 터졌다.

사천성에 숨어든 혈사련을 모조리 쳐냈다. 엊그제 신임

가주 당림이 무림맹 맹주가 되었다는 소식이 전해졌다.

천하제일가문.

그 단어가 가슴에 깊게 파고들었다.

사천당문은 당림을 중심으로 거대한 웅지를 펼쳤다. 거대한 산이 가로막고 있지만 독신 당림이라면 능히 넘어설 수 있을 것이다.

'본문만 확실히 지키면 된다.'

그리하면 누구도 쳐다볼 수 없는 단 하나의 가문이 되는 것이다.

당혁은 굳은 다짐을 하며 주먹을 말아 쥐었다.

댕댕댕댕댕댕댕!

정문 쪽에서 다급한 종소리가 터져 나왔다.

"음?"

당혁은 미간을 좁히며 정문 쪽을 바라보았다.

"혈사련 잔존 쥐새끼들인가?"

안 그래도 무료하던 참이었다.

당혁은 활짝 열린 창문을 그대로 밟고 허공으로 몸을 날렸다.

제9장

그대들의 죽음은
이제 시작일 뿐입니다

화톳불이 꺼지고 깜깜한 어둠이 짙게 깔린 대연무장.

오십 명의 녹의를 입은 사내들이 사뿐히 내려앉았다.

당혁을 필두로 한 녹독대였다.

깜깜한 대연무장, 중앙 연무대에 검은 인형이 서 있었다.

당혁이 조용히 손을 들자 녹독대 무인들은 빠르게 연무대를 에워쌌다.

그사이 장년 사내가 당혁 옆에 내려섰다. 그의 뒤로 스무 명 남짓 형형한 눈빛을 가진 젊은 무인들이 함께하고 있었다.

사천당문의 가장 방대한 규모를 자랑하는 무력단체인 녹수단 단주 당필과 실질적으로 녹수단을 이끄는 대주들이었다.

"오셨습니까?"

"저자인 모양이군."

당필이 연무대 위에 서있는 검은 인형, 야현을 바라보며 살심을 표출했다.

"본문에서 풍기는 피 냄새가 노기를 불러오는군. 크흐으!"

당필은 붉은 동공을 부릅뜨며 날카로운 송곳니를 드러냈다.

그는 방계 출신이었지만 그 실력을 인정받아 직계로 편입된 사천당문 주요 인물로, 당성, 당학성, 당혁의 뒤를 이어 당한경의 피를 이어받아 뱀파이어가 된 이였다.

"크흐으으!"

"흐으으!"

둘 뒤로 서 있는 녹독대 무인들과 녹수단 대주들은 대연무장 연무대를 향해 살기를 뿌려댔다.

"녹수단이 대연무장을 포위했고, 혹시나 있을 잔당도 수색하고 있으니 일단 저자부터 잡게."

"알겠습니다."

"반드시 사로잡게. 이 몸이 직접 찢어 죽여버릴 터이니."

"훗!"

당혁은 당필의 말에 피식 웃음을 터트리며 연무대를 향해 몇 걸음 내디뎠다.

검은 인형과 거리가 가까워지고 있음에도 상대의 형체가 뚜렷하게 보이지 않았다.

뱀파이어는 밤의 포식자.

어둠 따위는 아무런 장애가 되지 않는다.

하지만 마치 일반인으로 돌아온 것처럼 좀처럼 상대의 얼굴을 확인할 수 없었다.

당혁은 위화감이 엄습했지만 애써 무시하며 연무대 위로 올라가 마주섰다.

그리고 몇 걸음 더 나가자 조금이지만 상대의 얼굴이 보이기 시작했다.

그 얼굴을 확인하는 순간.

쿵!

심장이 얼어붙는 듯 충격에 휩싸였다.

서서히 떠오르는 붉은 눈동자.

그리고 어둠 속에서 새하얗게 빛나는 날카로운 송곳니.

"야, 야……현."

당혁은 어금니를 꽉 깨물고 주먹을 움켜잡았다.

"흐으읍—, 후우—."

깊게 숨을 들이마시고, 길게 숨을 내쉬었다. 그러자 몸을 휘감았던 떨림이 서서히 잦아들었다.

그리고 야현의 붉은 두 눈을 직시했다.

주먹이 꽉 쥐어졌다.

부르르 떨렸다.

지금까지 느꼈던 공포가 아닌 묘한 흥분 때문이었다.

'벗어났다!'

거부할 수 없는 피의 속박에서.

당림의 피의 세례에 의해 야현의 족쇄에서 벗어난 것이었다.

'그렇다면 죽일 수 있다!'

당혁은 야현을 지그시 노려보며 미소를 슬쩍 드러냈다.

삐익—

그리고 양손을 입으로 가져가 휘파람을 길게 불었다.

그러자 대연무장 밖에서 대기하고 있던 녹수단이 담장 위로 속속히 모습을 드러냈고, 뒤이어 물러났던 당필도 다시 대연무장으로 들어왔다.

그리고 단숨에 연무대로 날아와 당혁 옆에 내려섰다.

"야현. 그자입니다."

"흠."

당필은 야현을 보지 못했다.

처음 보는 야현을 마주하며 당필은 호기로운 눈빛에 투기가 듬뿍 담긴 미소를 입가에 그렸다.

"재미있어."

야현은 그제야 은신을 풀고 뚜렷한 형상을 드러내며 당혁 앞으로 좀 더 가까이 다가갔다.

당혁은 자신만만한 표정으로 손을 슬쩍 들어올렸다.

그 수신호에 오십 명의 녹독대 무인들이 연무대 위로 올라와 크게 에워쌌다.

"당한경의 피에 당림의 세례라. 재미있군."

야현의 말에 당혁의 얼굴에 자신감과 당당함이 묻어나왔다.

"하하하!"

야현은 이어 주위를 단단히 에워싼 녹독대 무인들의 눈빛에 스며들어 있는 뱀파이어의 핏빛 기운을 느끼자 다시금 웃음을 터트렸다.

"혈환까지."

야현의 시선이 다시 당혁에게로 향했다.

녹독대 무인들의 핏빛 기운의 주인은 바로 당혁이었다.

"아주 재미있어."

야현은 유쾌한 웃음을 지었다.

그러나 그 웃음과 달리 야현의 눈은 시퍼렇게 차갑게 변했다.

"이렇게 본인의 등에 칼을 꽂은 것이로군."

야현의 미소는 더할 나위 없이 환하게 바뀌었다.

"그것도 본인이 준 힘으로."

야현은 가볍게 다리를 들어 바닥을 내려찍었다.

쿠웅!

가벼운 파장이 야현을 중심으로 연무대로 퍼졌다.

"음?"

"흠!"

당혁과 당필의 얼굴이 슬쩍 굳어졌다.

묘한 기운이 그들의 몸을 통과했기 때문이었다.

"하지만 그대들의 힘, 당림의 힘. 그 힘의 원죄는 바로 본인의 힘이죠."

야현이 뒷짐을 풀며 몸을 가볍게 웅크렸다.

"크하아앗!"

그리고 포효를 터트렸다.

"커억!"

"끄으으!"

그 포효, 원초적 힘은 당혁과 당필은 정신을 뒤흔들었다.

단순히 뒤흔든 정도가 아닌 뭐라고 할까, 정신을 담은 그릇에 강한 충격을 준 듯 그런 느낌이었다.

화아아아악!

야현의 몸 주위로 검붉은 기운이 흘러나왔다.

뱀파이어 어둠의 기운과 혈황의 혈기였다.

그 기운은 단숨에 연무대를 장악하고 대연무장을 뒤덮었다.

"원죄는 벗어날 수 없기에 원죄라 부르는 것."

"갈!"

당필이 두려움을 털어내며 야현을 향해 독을 담아 일장을 내질렀다.

펑!

야현의 어깨가 장풍에 뒤로 튕겼다.

아울러 독에 의해 검게 물들어가는 그의 어깨에,

화르륵!

자그만 불길이 피어났다.

치이이익!

어깨에서 일렁이는 불에서 검은 연기가 피어났다. 그리고 언제 불이 피어났냐는 듯 사라졌고, 야현의 어깨는 깨끗하게 변해 있었다.

팡!

당혁은 재빨리 당필의 뒷덜미를 잡아당겼다.

그리고 당필이 서 있던 자리에 불덩이가 터졌다가 사라졌다.

"독화만겁진(毒火萬劫陣)을 펼쳐라!"

당혁은 내력을 끌어올리며 녹독대의 합격진을 개진시켰다.

쿵! 쿵쿵쿵! 쾅!

오십 명의 녹독대 무인들은 각이 진 원을 그려 야현을 더욱 강하게 압박하며 동시에 기운을 뿜어냈다.

스스스스스—

기운과 기운이 서로 맞물려 거대한 흐름을 만들어냈고, 녹독대 무인 몇은 그 흐름에 독을 뿌렸다. 흐름 속에서 독은 불꽃이 일 듯 푸른 섬광을 터트렸고, 그 푸른빛은 기운 전체를 푸르게 물들였다.

ㅊㅊㅊㅊㅊㅊ—

그렇게 만들어진 회오리치는 거대한 푸른 독무는 마치 거대한 화마를 보는 듯 착각일 들 정도였다.

"살(殺)!"

그때 당혁이 명령을 내렸고.

파바밧!

거대한 독무는 한순간 야현을 향해 뒤덮어버렸다.

쿠오오오오오!

푸른 불덩이가 춤을 추듯 연무대 중앙에는 거대한 독무가
휘몰아쳤다.

그 순간.

치지직—

무언가 찢어지는 파음이 울리더니 야현을 뒤덮은 독무가
불규칙적으로 꿈틀거렸다.

차악!

독무가 만들어낸 독무가 어느새 움직임이 사라졌다. 군데
군데 찢어지며 붉고 푸른빛이 독무를 뚫고 튀어나왔다.

붉은색은 화염이었고, 푸른색은 냉기였다.

어울리지 않는 두 기운은 마치 태극처럼 섞이지도 않았지
만 서로를 해치지도 않으며 거대한 원을 그려냈다.

화염과 얼음은 절묘하게 당혁, 당필, 그리고 녹독대 무인
들 사이로 빠져 나갔다.

옆에 서 있는 것만으로도 열기로 피부가 타고, 냉기에 살이 얼어붙을 것만 같을 정도로 가공할 위력이었다.

그렇게 안도의 한숨이 쉬어지는 순간.

"으아아아악!"

"크아아아악!"

대연무장을 포위하고 있던 녹수단 대원들의 고통에 찬 비명이 터졌다.

*   *   *

연무대를 중심으로 두 개의 거대한 소용돌이가 태극의 형세로 불고 있었다.

각각 붉고 푸른 소용돌이는 끝없는 원을 그리며 사천당문 대장원을 단숨에 휘감았다.

화르르륵!

붉은색은 지옥의 꺼지지 않는 불처럼 화염을 토해내며 이글거리고 있었고, 푸른색은 숨결마저 얼음으로 얼어붙어 바닥으로 떨어질 정도로 시퍼런 냉기가 풀풀 날리고 있었다.

붉은 화마에 잡아먹힌 이들은 뼈까지 검은 재가 되어 검은 연기와 함께 하늘로 날아올랐다.

푸른 냉기에 가둬진 이들은 뿌연 눈송이마저 끼지 않은 영롱한 푸른빛이 감도는 얼음 동상이 되어 버렸다.

비단 인간들뿐만이 아니었다. 바닥은 푸른 비단을 깐 듯 매끈했고, 담벼락 아래 잡초와 이름 모를 야생화는 보석처럼 반짝거렸다.

쿵!

하나의 울림.

투웅—

그로 시작된 파장.

야현의 발에서 시작된 파장은 파란 얼음길을 따라 얼음으로 변한 인간들과 꽃, 잡초, 담 등을 통과하며 사라졌다.

잠시 후.

작—

얼음에 균열이 가는 희미한 파음이 한곳에서 들리는가 싶더니.

자작— 자작— 자작—

사방에서 연속적으로 울어 재끼기 시작했다.

그와 동시에 얼음상들에 새하얀 실선들이 만들어졌고, 마치 거미줄에 갇힌 것처럼 온몸이 뿌옇게 변했다.

"카핫!"

이어서 터진 야현의 포효!

퍼석!

실선으로 뿌옇게 변한 한 얼음 동상이 유리가 깨지듯 부서졌다.

퍼석— 퍼석— 퍼석— 퍼서서석!

그리고 얼음 동상부터 길가에 핀 야생화, 돌부리 가리지 않고, 심지어는 담벼락까지 얼음길에 선 모든 것들이 순차적으로 깨져나갔다.

아름다운 눈송이가 휘날리며 파란 태극의 소용돌이 위에는 파란 얼음길 외에는 아무것도 남아 있지 않았다.

"흡!"

경악스러운 광경에 당혁은 헛바람을 터트렸다.

비단 그만이 아니었다.

불고 푸른, 화염과 얼음의 태극 소용돌이 사이 미묘한 틈 사이에 살아남은 이들은 하염없이 요동치는 눈으로 양옆으로 스치고 지나간 화염과 얼음 속에서 온전한 시신마저 남기지 못하고 사라져 가는 동료를 보았다.

"큭!"

좀 더 뒤에서 관망하던 당필은 이빨이 부서져라 입을 꽉 다물며 신음을 삼켰다.

대연무장, 연무대를 제외하고는 거대한 위용을 자랑하던 사천당문의 대장원이 불에 타고, 얼음으로 부서지며 완벽히 사라진 것이었다.

그저 남은 것은 겨우 화마와 얼음을 비켜간 기둥과 벽 잔재들뿐이었다.

그리고 보이는 것은 대장원 터의 크기를 보여주는 높고 두터운 외벽뿐이었다.

말 그대로 외벽을 경계로 대장원 내부는 온전히 불타고 부서진 것이었다.

그러나 진정 당필이 흔들리는 눈으로 입술을 베어 문 이유는 그것이 아니었다.

재앙이라고 표현해도 과언이 아닌 야현의 살육에서 살아남은 자들의 신분이 문제였다.

녹독대주 당혁을 비롯해 그 대원들, 그리고 자신을 비롯한 녹수단 열다섯 명의 대주들이 살아남았다. 아울러 살아남은 이들은 옷가지 일부 정도만 타거나 얼어붙었을 뿐 화상과 동상은 조금도 입지 않았다.

"으으으으!"

"으아아아―."

당필의 귀에 비명을 지르는 또 다른 목소리들이 들여왔다.

그 수는 얼추 수십 명.

소용돌이 무늬와 천운이 합쳐서 살아남은 이들이다. 속속 비명을 지르며 허겁지겁 도망치는 발걸음 소리로 보아 하인들과 시녀들인 모양이었다.

어쩌면 하급 제자들도 있을지 모른다.

피식—

난데없는 웃음이 튀어나왔다.

비록 하인들이지만 제법 많은 수의 사람들이 살아남아서가 아닌가 싶다.

비록 이름은 몰라도 수십 년 동안 오가며 보아온 이들이었다.

그러나 그 웃음도 잠시.

"으아악!"

"끄아아악!"

"괴, 괴물들이……, 크아악!"

잔혹한 비명.

『키키키키키키!』

『쿠히히히히!』

『캬캬캬캬캬캬!』

이어진 귀성.

'귀성?'

처음에는 야현과 함께 온 적인가 싶었지만, 사방에서 들려오는 소리는 분명 인간이 낼 수 있는 소리가 아니었다.

문득 든 생각, 귀신의 울음. 딱 그 소리였다.

당필이 재빨리 고개를 돌려 거대한 울타리처럼 변한 외벽을 바라보았다.

외벽 위로 언뜻언뜻 녹색 귀광이 나타났다가 사라지기를 반복했다.

귀신.

'웃기지 마라!'

분명 혼을 빼놓을 심산으로 꾸민 수작일 것이다.

"문도들을 보호하라!"

당필은 당혁과 빠르게 눈빛을 주고받은 후 녹수단 대주들을 이끌고 사방으로 흩어졌다. 딱히 당필이 부가적으로 명을 내리지 않았지만 녹수단 대주들은 저마다 알아서 사방으로 퍼져 나갔다.

"무슨 개수작이더냐!"

하인 한 명을 베고 사라지는 녹색 귀광을 향해 당필은 일갈을 터트리며 외벽을 뛰어넘었다. 그리고 또 다른 하인을 향해 칼을 휘두르는 녹색 귀광을 향해 일장을 내질렀다.

파삭!

낯선 감각이 손에서 느껴졌다.

『캬하아아!』

이어진 비명은 더더욱 낯설었다.

"흡!"

이내 당필의 눈은 너무 놀라 화등잔처럼 크게 떠졌다.

자신의 앞으로 죽어가는, 아니 부서져 가는 해골 뼈다귀가 보인 까닭이었다.

『키키키, 키핫!』

옆에서 들려온 또 다른 귀성과 함께 투구를 쓴 해골이 반월도를 휘둘러 왔다. 그 모습에 당필의 몸이 순간 움찔거렸다.

서걱!

"으아아악!"

미처 도망치지 못했던 하인이 그 칼에 피를 뿌리며 쓰러졌다.

『키히힛!』

그 해골, 스켈레톤이 연이어 귀성을 터트리며 당필을 향해 반월도를 휘둘러왔다.

서늘한 살기에 당필은 재빨리 정신을 차리며 반월도를 피했다. 그리고 드러난 옆구리를 향해 발을 차올렸다.

빠각!

의외로 스켈레톤은 힘없이 부서졌다.

퍼석— 파박! 빠각!

동시에 달려드는 스켈레톤 3구를 단숨에 부순 당필의 얼굴에는 두려움이 많이 엷어져 있었다.

"갈!"

당필은 생각 외로 약한 스켈레톤을 상대로 더욱 난폭하게 부숴 나갔다.

"히익!"

그러나 자신감에 찬 무력도 잠시, 부서진 스켈레톤들이 다시 일어서는 모습에 당필은 다시 입술을 굳게 다물었다.

"온 뼈를 부숴주마!"

당필은 그렇게 살기를 표출하였다.

그리고 그가 다시 살수를 뿌리려 할 때 그를 둘러싼 십여 구의 스켈레톤들이 갑자기 뒤로 물러났다.

"……!"

그리고 갈라진 스켈레톤 사이로 거구의 그림자가 묵직한 발걸음 소리를 만들며 다가왔다.

"흠!"

거구의 체격이라 여긴 몸집은 다름 아닌 묵빛 갑옷이었다.

한 눈에도 단단해 보이는 갑옷을 입은 사내의 눈도 녹빛 귀광을 띠고 있었다.

"이 귀물들을 조종하는 자가 네놈인가?"

스르르릉!

묵빛 갑옷을 입은 사내, 다크 나이트 남궁무결은 일언반구 없이 날카로운 장검을 뽑아들었다.

"네놈의 피와 살로 원혼을 달래고야 말겠다!"

아무 말도 없는 남궁무결을 향해 당필은 살심을 터트렸지만, 그에게서 느껴지는 위압감에 쉽사리 덤비지는 못했다.

잠시 시간을 두고 탐색하려 했지만, 그의 바람은 이뤄지지 않았다.

쾅— 쐐애애애액!

남궁무결이 단숨에 거리를 좁혀오며 강하게 검을 휘둘러 온 것이었다.

"큭!"

당필은 허리를 젖혀 남궁무결의 검을 피하며 허벅지를 발로 후려찼다.

캉!

마치 두꺼운 종을 발로 친 것처럼 상당한 충격이 되돌아왔다.

힘으로 갑옷을 뚫기 어렵다 판단한 당필은 뒤로 훌쩍 물러나며 남궁무결을 향해 독을 뿌렸다.

그러나.

쾅— 쾅—

남궁무결은 독가루를 온몸으로 맞으면서 그에게로 달려들었다.

단숨에 거리를 좁힌 남궁무결은 그의 가슴을 사선으로 베어갔다.

"헙!"

독을 뒤집어썼음에도 남궁무결의 날카롭고 매서운 공격에 당필은 헛바람을 들이켜며 재빨리 몸을 틀었다.

서걱!

그러나 온전히 피하지 못하고 그의 가슴은 얕게나마 베이고 말았다.

"큭!"

신음이 목구멍을 비집고 흘러나왔지만,

쐐애애— 쑤아아악!

당필은 연신 쇄도하는 남궁무결의 검을 피해 이빨을 꼭 깨물고 방어에 나서야 했다.

팍— 파바박— 서걱!

독이라는 가장 큰 무기를 잃은 당필에게 남궁무결의 검은 한없이 버거운 존재였다.

"……!"

힘겹게 남궁무결의 검을 막아 가는 당필의 눈에 서서히 그의 검결이 익어 갔다.

"나, 남궁!"

이어 확인한 그의 검공은 남궁의 것이었다.

경악, 놀람, 불신의 감정이 그의 눈동자를 하염없이 흔들어버렸다.

마음이 흐트러지자 그의 몸도 흐트러지는 것은 자명한 일.

가뜩이나 아슬아슬하게 버텨가던 당필이었다.

남궁무결은 한순간 드러난 그의 허점을 일말의 감정도 없이 파고들었다.

서걱!

남궁무결의 검은 그의 옆구리를 깊게 베고.

푹!

이어 빛살처럼 그의 가슴을 꿰뚫어버렸다.

"꺼억!"

벼락을 맞은 듯 당필은 눈을 부릅뜨며 몸을 한차례 바르르 떨었다.

스으으윽!

남궁무결의 검이 가슴에서 뽑히고 당필의 머리 위로 올라갔다.

"이렇게……."

당필의 눈이 남궁무결의 검으로 향했다.

검 끝이 흔들리는 순간 자신의 목이 떨어질 것이다.

"끝인……, ……?"

갑작스럽게 남궁무결이 검을 거두며 뒤로 물러나자 당필은 눈에 의문을 담아 힘겹게 그를 올려다보았다. 남궁무결이 뒤로 한 걸음 물러나자 그 뒤로 야현이 차가운 미소와 함께 걸어왔다.

"서, 설마……."

당필은 마지막 희망마저 잃은 듯 휘청이다가 바닥에 무릎을 찧으며 주저앉았다.

툭—

그런 그의 앞으로 당혁의 수급이 데굴데굴 굴러 왔다.

"크크, 크크크크크!"

당필은 미친놈처럼 웃음을 터트렸다.

"어찌 인간의 탈을 쓰고 이럴 수 있느냐?"

웃다 지친 당필이 야현을 올려다보며 악에 받쳐 소리쳤다.

"그대들의 손에 죽은 본인의 수하들은?"

야현의 담담한 목소리에 당필의 몸이 한 차례 더 부르르 떨었다.

"믿었던 아군의 손에 처참하게 생을 달리한 본인의 수하들은 죽으며 그대들을 어떻게 생각했을까?"

"……."

당필은 입을 꽉 닫았다.

"사천당문의 가훈은 유명하지."

이어진 목소리에 눈마저 감았다.

"은혜는 열 배, 원한 백 배."

할 수 있다면 귀마저 닫고 싶었다.

"그걸 실천하려 해. 본인은."

턱.

그의 머리 위로 야현의 손이 느껴졌다.

"끄으으!"

야현의 손가락이 당필의 머리를 뚫고 들어오자 지독한 고통이 그를 엄습했다.

"이제 시작이야."

"그 무, 무슨?"

당필의 눈이 부릅떠졌다.

"사천 성도, 북촌."

"아, 안 돼!"

성도 북촌.

일명 당촌이라 불리는 사천당문 방계들이 살아가는 집성
촌이었다.

"당씨의 성을 단 자, 모두 죽일 것이야. 오늘 밤에."

"그들은 무고한 이들이다."

마지막 발악.

"훗!"

야현은 가벼이 코웃음을 치며.

콰지직!

그의 목을 뜯어버렸다.

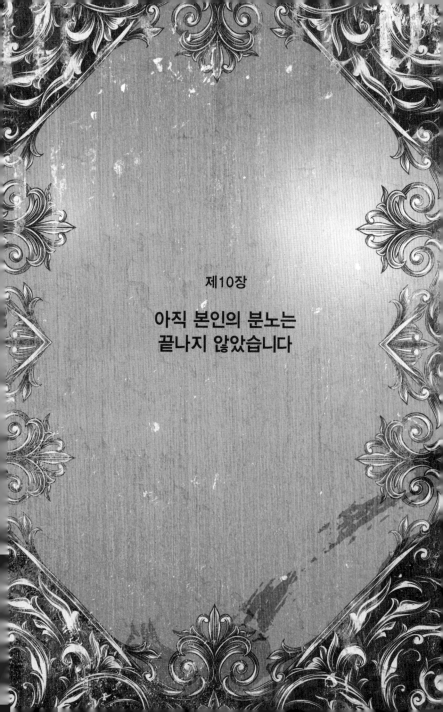

제10장

아직 본인의 분노는
끝나지 않았습니다

웅성웅성.

많은 수는 아니었지만 그렇다고 무시할 수 있을 정도는
아닌 사람들이 모여 있었다.

그들은 인의 장막을 치고 통행을 차단한 병사들을 보며
수군거렸다.

"경을 치고 싶지 않거든 썩 물러가라!"

장수가 매섭게 눈을 부라리며 구경꾼 아닌 구경꾼들을
향해 호통 쳤다.

군중들은 그 호통에 찔끔하는 눈치였지만 그의 말대로

물러가는 이들은 그다지 눈에 보이지 않았다.

챙!

"정녕 매서운 맛을 보아야 정신 차리겠느냐?"

결국 장수는 검을 뽑아들며 다시 호통 쳤고, 시퍼런 날이
선 검날에 그제야 군중들은 저마다 빠르게 사라졌다.

수많은 이들이 썰물처럼 사라지자 넓은 대로에 적막이
찾아왔다.

"흠."

장수는 검을 갈무리하며 장막을 친 병사들 너머 사천성
성도 내 또 다른 마을이라고 표현해도 좋을 북촌, 당촌을
쳐다보았다.

"그 누구도 북촌에서 나오지도 들어가지도 못해
야 할 것이야. 알아들었느냐?"

"알겠사옵니다."

"그리고 평생 보지도 듣지도 못한 괴사가 벌어진
다면 그때 이걸 펼쳐 보도록 하라."

장수 앞에 금빛 주머니가 툭 떨어졌다.

사천성 최고 군사령관 도독의 명이 장수의 머릿속
에 다시금 떠올랐다.

"이 일만 잘 처리한다면 좋은 일이 있을 것이다."

이어진 속삭임까지.

장수는 빠르게 고개를 흔들어 잡생각을 털어버리며 품에
든 주머니를 꾹 쥐었다.

그렇게 잠시 의문이 담겼던 눈빛은 지워지고 강렬한 눈
빛으로 바뀌었다.

"개미 새끼 한 마리도 놓치지 말고 단단히 길을 지켜라.
알겠느냐?"

장수는 아랫배에 힘을 줘 우렁찬 목소리로 명령을 내렸
고.

"명!"

"명!"

그 마음에 화답이라도 하려는 듯 우렁찬 복명 소리가 뒤
를 이었다.

*   *   *

폐허가 된 사천당문 터 위로 야현이 날아올랐다.

사천당문 대장원 주위로 들어선 천여 가구 집에서 하나

둘씩 불이 켜지기 시작하더니 이내 얼마 가지 않아 마치 불야성처럼 북촌 집 대부분에서 불이 밝혀졌다.

이어서 사람들이 하나둘씩 집에서 나왔다.

지진이 일어난 것처럼 거대한 폭음이 일었으니 당연한 행동들이었다.

그리고 그들은 보았다.

활활 타오르는 사천당문을.

이들의 뿌리이자, 근원이며, 자랑이며, 원천이며, 삶의 모든 것인, 그들의 성이자 그들의 왕이 살고 있는 궁이 타오르고 있었다.

"으어, 으어어! 으어어어어!"

누구는 울부짖으며 사천당문 대장원으로 달려갔고.

"……!"

또 누구는 말도 잊은 채 바닥에 주저앉아 멍하니 쳐다보았다.

각양각색의 반응이 일었다.

활활 타오르는 불처럼 분위기가 무르익자 야현은 뾰족한 이빨을 드러내며 양팔을 찢었다.

그의 몸에서 엄청난 양의 피가 흘러나왔다.

그 피들은 비처럼 수백 핏방울로 바뀌어 아래로 떨어졌

다.

그렇다고 마냥 비처럼 바닥을 적신 것은 아니었다. 피들은 죽은 사천당문의 무인들의 입으로 떨어졌고, 그 핏방울들은 그들의 몸으로 흡수되었다.

그리고 몇 호흡의 시간이 흐르자.

꿈틀!

시신들에서 경련이 일어났다.

경련은 움직임으로 변했고, 마침내 죽은 자들이 눈을 떴다.

좀비.

『끄으으―.』

『끄윽, 끄윽!』

좀비들은 인간의 소리가 아닌 기괴한 소리를 내며 자리에서 일어났다.

그리고 코를 킁킁거리며 무언가에 이끌려 움직이기 시작했다.

부자연스러운 움직임으로 잔해에 부딪히고 넘어져도 좀비들은 악착같이 움직였다.

우르르 콰르르르!

좀비들이 억지로 담을 밀어젖히듯 넘어가자 결국 그 힘

을 이겨내지 못한 담벼락이 무너져 내렸다. 무너진 담에 팔다리가 깔리고 짓이겨졌지만, 좀비들은 아랑곳하지 않고 끊임없이 앞으로 향했다.

그렇게 그들이 향한 곳은, 아니 그들의 목표는 바로 사천당문 대장원으로 몰려드는 사람들이었다.

담이 무너지는 제법 큰 소리에 이끌려 사람들이 하나둘씩 몰려들었고, 그들은 무너진 담에서 꾸역꾸역 밀려나오는 좀비들을 발견했다.

"사, 살아 있다. 여기 생존자가 있어!"

체격이 건장한 사내가 가장 먼저 좀비들을 발견하고 허겁지겁 달려가 가장 위태위태하게 걷는 좀비를 부축했다.

"괜찮으……, 흐억!"

사내는 어두운 밤이라 앞뒤 가리지 않고 업어 들었는데 막상 가까이 얼굴을 마주하자 문드러지고 기괴한 얼굴에 기겁성을 터트렸다.

그러나 놀람은 시작일 뿐이었다.

콰득!

좀비가 가까이 붙은 사내의 목을 그대로 물어버린 것이었다.

"으아아악!"

살점이 피와 함께 뭉텅이로 뜯겨나가자 사내는 지독한 고통에 비명을 지르며 주저앉았다. 그러자 뒤를 따르던 좀비들은 마치 하이에나 떼처럼 사내를 덮쳐 물어뜯었다.

"사, 사람 살려! 끄아악!"

"이, 인간이 아니야!"

"아귀다! 아귀가 지옥에서 나왔다!"

멋도 모르고 다가갔다가 좀비에 물리는 이가 있는 반면, 좀 더 늦게 뛰어갔다가 처참한 광경에 비명과 고함을 지르는 등, 사천당문 주변은 단숨에 아수라장으로 변했다.

사방이 혼란으로 뒤덮이자 야현은 다시 스켈레톤을 부활시켰다.

『키키키키!』

『키히히히히!』

다시 모습을 드러낸 스켈레톤들은 좀비를 피해 도망치는 이들을 향해 마구 칼을 휘둘렀다.

"으아아악!"

"끄아악!"

단숨에 수십 명을 도륙한 스켈레톤들은 피와 살에 잔뜩 흥분한 좀비들과 함께 사방으로 흩어졌다.

싸늘한 시신으로 뒤덮인 땅에 다시 한 번 야현의 붉은 피가 내렸다.

그 피에 수십 구의 시신이 좀비로 변해 다시 눈을 떴다.

그리고 그들은 다시 무언가에 이끌리듯 사방으로 퍼져 나갔다.

쿠웅!

상당한 충격음과 함께 땅이 부르르 떨렸다. 바닥에 쓰러 지거나 비틀거릴 정도는 아니었지만, 확연히 울림을 느낄 수 있을 정도였다.

장수는 자연스레 북촌 안을 쳐다보았다.

지붕 위로 언뜻 주황빛이 일렁이는 것이 보였다. 큰불이 났나 싶었지만 이내 푸른빛이 눈에 들어왔다.

폭음과 지진처럼 울린 땅의 흔들림, 거기에 기묘한 빛까 지.

"도대체 무슨 일이 일어나는 것일까요?"

한 단계 낮은 직급의 하급 장수가 다가와 물었다.

"경계 태세를 높이라."

무슨 일이 일어났는지, 또 무슨 일이 일어나는지 장수도 알 턱이 없었다.

다만 심상치 않은 공기가 그의 감각을 깨울 뿐이었다.

수하 하급 장수도 그러한 분위기를 읽은 듯 장시간 경계 근무로 풀어진 분위기를 재빨리 다잡아 나갔다.

긴장된 분위기 속에 시간이 흐르고.

"저, 저기……."

북촌 쪽을 바라보며 경계를 서던 십인장이 어둑한 골목 길을 가리켰다.

장수는 그가 가리킨 곳을 쳐다보았다.

골목길 안에서 사람으로 보이는 그림자가 나타났다.

'세 명? 아니 다섯?'

그림자가 겹쳐 정확한 수를 셀 수 없었다.

그래도 다섯 명은 넘지 않아 보였다.

"그 누구도 북촌에서 나갈 수도 들어갈 수도 없음 이야. 알아들었는가?"

도독의 확고한 명령이 새삼 떠올랐다.

"동이 틀 때까지 그 누구도 북촌을 벗어나는 이가 없도 록 한다. 알아들었나?"

장수는 다시 한 번 더 명령을 내렸다.

그 명령에 병사들이 창을 움켜잡으며 창끝을 골목으로

세웠다.

"군령이다! 동이 틀 때까지 통행을 금한다! 모두 물러나라!"

골목길을 병사들이 촘촘히 가로막으며 창을 내밀었다.

그리고 십인장 중 한 명이 나서서 안으로 크게 소리쳤다.

그 외침에도 골목길에서 나오는 이들은 걸음을 멈추지 않았다.

"니미럴."

십인장은 욕지거리를 꾹꾹 삼키며 좀 더 우악스럽게 소리쳤다.

"물러가라는 말을 듣지 못했는가? 죽고 싶지 않으면 썩 물러가라!"

귀청이 아플 정도로 큰 소리였지만 여전히 그들은 다가왔다.

"젠장!"

십인장은 얼굴을 잔뜩 일그러트리며 뒤에 서 있는 장수들을 쳐다보았다.

그리고 다시 골목길을 쳐다보며 병사들을 향해 명령을 내렸다.

"출(出)— 창!"

구호에 맞춰.

척— 척— 척— 척!

병사들은 그림자를 향해 창을 겨눴다.

팽팽한 긴장감이 흐르고, 살을 에는 듯한 살기가 한순간 골목길을 뒤덮었다.

골목 안의 인영들은 그러한 긴장감도 살기도 느끼지 못하는 듯 다가왔다.

어느새 얼굴을 알아볼 수 있을 정도로 거리가 가까워졌다.

'병자들인가?'

움직임이 부자연스러웠다.

"돌아가라! 군령이다! 살고 싶으면 돌아가라!"

측은지심에 십인장은 더욱 크게 말을 했지만 돌아오는 대답은 없었다.

아니, 그들은 무언가 소리를 내고 있기는 하였다. 그러나 그건 사람의 것이 아닌 그저 의미 없는 짐승의 울음과도 같았다.

『끄르르르—』

『끄으으!』

그리고 확연히 보인 그들의 눈.

누렇고 칙칙하다.

도저히 사람의 눈이라 볼 수 없는 색이었다.

또한 형색은 어떤가?

군데군데 팔다리에 살점이 없었다.

응당 흘러야 할 피도 흐르지 않았다.

"뭐, 뭐야? 사, 사람 맞아?"

"히익!"

그 모습에 병사들도 당황한 듯 동요하기 시작했다.

"뭣들 하나!"

장수의 호통에.

"진(進)!"

십인장은 칼을 강하게 움켜잡으며 명령을 내렸다.

그 명에 병사들은 총 여섯 명, 여섯 구의 좀비들을 향해
창을 내찔렀다.

푹— 푹푹푹!

한 구에 적게는 두 자루, 많게는 네 자루의 창이 파고들
었다.

『끄으으으!』

고통에 따른 비명도 없었다.

창에 꿰뚫렸음에도 좀비들은 병사들을 향해 팔을 허우적

거리며 걸음을 멈추지 않았다.

당황한 사이 한 좀비가 몸에 꽂힌 창에 더욱 깊게 몸을 박으며 병사 앞에 섰다. 그리고 그의 머리를 움켜잡고는 코를 깨물었다.

"으아아악!"

병사는 코가 찢겨가는 고통에 비명을 질렀고, 그 광경에 눈이 뒤집힌 동료가 칼을 뽑아 좀비의 머리를 잘라버렸다.

서걱!

목이 바닥으로 떨어졌지만 피는 없었다.

"이 무슨!"

그다지 편하지 않은 표정으로 뒤에서 관망하던 장수가 기이한 광경에 눈을 부릅떴다.

'귀?'

장수는 번뜩 정신을 차리며 품에서 비단 주머니를 꺼내 안에 담긴 서찰을 펼쳐 들었다.

'필사(必死)!'

무조건 죽이라는 명령이 적혀 있었다.

망설일 시간이 없었다.

이들 뒤에 또 다른 그림자가 하나둘 모습을 드러내기 시작했기 때문이었다.

저들은 인간이 아니었다.

귀신은 아닐 터.

기이한 병에 걸린 이들일 것이다.

아니면 어떠한 실험에 탄생한 괴물일지도.

'어쩌면······.'

사천당문은 무림뿐만 아니라 사천성 내에서도 폐쇄적이고 음험한 곳으로 치부되는 곳이었다. 그런 곳이라면 이런 사태를 만들어낸 것일지 모른다 싶기도 하였다.

하지만 어찌 이런 사실을 이미 알고 명을 내렸는가는 중요하지 않았다.

'공이다! 공을 세울 기회!'

"전군!"

장수의 목소리에는 욕망이 가득했다.

"출전!"

전쟁도 아니건만 전장에서나 쓰일 법한 명령이 떨어졌고,

"와아아아아!"

"죽여라!"

이미 흥분한 병사들도 함성을 터트림과 동시에 창과 칼

을 마구 휘두르며 북촌 안으로 달려 나갔다.

*   *   *

쿵!

머리에 커다란 바윗덩어리가 떨어진 듯 당한경은 충격을 이기지 못하고 비틀거리다가 의자에 털썩 주저앉았다.

반면 당림은 표정의 변화를 보이지 않았다.

까드득!

그러나 그가 잡고 있는 태사의 팔걸이가 그의 손 안에서 으스러지고 있었다.

"세세히 보고하라."

"사천성 관에서 급파발이 도착해 왔는데……, 당촌에 병명을 알 수 없는 기이한 전염병이 발발해 모조리 죽음을 면치 못했다 하옵니다."

"모조리?"

"파발을 가져온 병졸의 말에 의하면 개새끼 한 마리 살아남지 못했다 하옵니다."

"본문은?"

"본문 역시……."

콰직!

그 순간 태사의 의자가 산산조각 부서졌다.

나뭇조각들은 당림의 몸에서 거칠게 휘날리는 검은 기운에 휘말려 사방으로 날리다가 독에 녹아 사라졌다.

"야현!"

당한경이 원한 가득한 목소리로 그 이름을 불렀다.

당림은 조용히 손을 저어 축객령을 내렸다.

무슨 화라도 미칠까 싶어 보고를 올린 이는 황급히 맹주실을 빠져나갔다.

당한경이 그랬던 것처럼 당림도 비보를 접하는 순간 야현을 떠올렸다.

카이만의 경고.

기다렸다는 듯이 도달한 관의 파발.

뜬금없는 전염병의 발발.

아니, 전염병은 돌 수 있다 하여도 정확히 당씨 혈족만 살아가는 당촌에만 전염병이 일 수는 없는 법이었다.

그리고 사천당문을 비롯해 북촌, 당촌의 사람만 모조리 죽었다.

아니 당촌에서 숨을 쉬는 것은 사람, 동물을 가릴 것 없이 모조리 죽었다.

말 그대로 당씨 성을 가진 이들이 이 땅에서 지워진 것이었다.

무림맹에 머무는 고작 이백 명의 제자들을 제외하고는 사천당가의 뿌리와 터가 사라진 것이다.

"아버지, 정신 차리십시오. 아직 본가가 무너진 것은 아닙니다."

당림은 잠시 눈을 감고 마음을 가다듬으며 일단 당한경부터 달랬다.

"이익!"

얼마나 입술을 억세게 깨물었는지 그의 입에서 피가 주르르 흘러내릴 정도였다.

"본가의 정수는 살아 있습니다. 아버지의 몸에, 저의 몸에, 그리고 녹암대와 녹암단의 몸에."

당림의 눈에 짙은 살심이 뿜어져 나왔다.

"본가의 가훈. 그 가훈을 가르쳐 주신 분이 다름 아닌 아버지이옵니다."

"저 세상에서 울고 있을 혈족을 잠시 잊고 있었구나."

당한경은 힘겹게 마음을 추스르더니 대견하다는 눈으로 당림을 쳐다보았다.

"은혜는 열 배로."

당림.

"원한은 백 배로."

당한경.

그리고.

"참으로 좋은 말이라고 주군께서 전하시란다. 우히히히히!"

카이만의 말이 더 이어졌다.

"주군께서 앞으로 스스로의 잣대로 삼으시겠다고 하셨다. 마지막으로!"

카이만의 목소리는 갈수록 음산하게 변해갔다.

"은혜는 열 배, 원한은 백 배, 복수는 천 배라 덧붙이셨다. 기다려라, 주군께서 오신다! 우히히히히히!"

당림은 카이만의 목소리가 나오는 방향으로 왼손을 뻗었고, 그 앞으로 검은 안개가 휘감겼다.

"우히히히히히! 노부도 그냥은 갈 수 없어, 선물을 하나 주고 가마! 우히히히히!"

그 검은 독무 속에서 카이만의 목소리는 마치 멀어지는 사람의 목소리처럼 작아지며 사라졌다.

콰과과과광— 우르르르르!

거대한 폭음이 귓가를 때렸고, 이어 건물이 흔들렸다. 당힌 창문 너머로 커다란 붉은빛이 일렁거렸다.

불!

당림이 팔을 휘젓자 굳게 닫힌 문이 부서져 사라졌다.

환하게 드러난 문 밖으로 삼 층 전각이 불타고 있었다.

녹암대와 녹암단이 머무는 전각이었다.

우르르르— 콰르르르!

그리고 그의 눈앞에서 전각이 화마를 이기지 못하고 무너져 내렸다.

평정심을 유지하던 당림의 뺨이 결국 감정을 이겨내지 못하고 파르르 떨렸다.

당림은 거친 걸음으로 밖으로 나갔다.

그와 비슷하게 검게 그을린 당학성이 계단 위로 뛰어 올라왔다.

"가, 가주님!"

당림의 눈은 무너진 전각에서 떠나지 않았다.

"……가주님."

다시금 이어진 울분에 찬 당학성의 목소리.

그제야 당림의 눈이 당학성에게로 향했다. 그리고 그의 시선은 계단 아래 모여 있는 오십여 명의 제자들에게로 이어졌다.

"이게 다인가?"

의외로 당림의 목소리는 담담했다.

"……그러하옵니다."

반면 당학성은 슬픔에 목소리가 푹 잠겨 있었다.

"내가 누구인가?"

당림은 당학성을 보며 물었고, 시선 아래 서 있는 제자들을 쳐다보았다.

"가주님이십니다."

"또?"

"……독신이십니다."

"그래."

당림은 천천히 입을 열었다.

"내가 사천의 당문이다. 본좌가 바로 사천당문이다."

이어서.

"본좌가 있다. 몸을 추슬러라. 백 배의 복수, 해야지. 안 그런가?"

그 말에 당학성을 비롯해 살아남은 이들의 썩은 동태 눈알과도 같던 눈이 변했다. 지독한 살심으로 번뜩거렸다.

그 말만 툭 던지며 당림은 몸을 돌려 궁주 집무실로 들어갔다.

그의 눈동자는 한없이 차가웠다.

'본좌가 당문이다.'

당가의 피가 모두 죽어도 자신이 살아 있다면 사천당문
은 살아 있는 것이다.

더군다나 영원한 삶을 살아가는 뱀파이어 일족이 아니던
가.

'죽인다. 반드시 죽인다.'

시퍼런 살기가 눈동자에 덧씌워졌다.

안으로 들어가는 당림의 눈동자가 당한경과 당학성, 그
리고 당문 제자들을 빠르게 훑고 지나갔다.

"너희들은 당문 재건의 초석이 될 것이다."

그 말에 분위기가 다시 한 번 더 바뀌었다.

쿵!

당학성이 무릎을 꿇고 바닥에 머리를 찧었다.

"초석이 되겠사옵니다."

쿵! 쿵! 쿵! 쿵쿵쿵쿵!

그것을 시작으로 오십여 명의 당가 제자들이 일제히 바
닥에 머리를 꿇고 땅에 머리를 찧었다.

충심의 서약에 당림은 여타 화답 없이 안으로 사라졌다.

'죽어라. 너희들이 죽어야 야현이 본좌 앞에 온다.'

당림의 눈빛은 여느 때보다 차갑게 변해 있었다.

'그리고 사천당문은 영원히 살아남아 천하를 호령할 것이다.'

차가운 미소가 그의 입가에 그려졌다가 사라졌다.

제11장

본인은 무림을
철저하게 짓밟을 것입니다

야현은 은은한 붉은빛과 영롱한 푸른빛을 발하는 흑오와 월영을 내려다보고 있었다.

"주군."

그런 그의 곁으로 카이만이 다가왔다.

"속하가 주제 넘는 짓을 저질렀나이다."

카이만이 무릎을 꿇고 머리를 숙였다.

그 말에도 야현은 여전히 흑오와 월영에게서 눈을 떼지 않았다.

"속하가 무림맹 궁주전 맹호각(盟護閣)을 날려버렸나이

다."

쾅!

이마가 깨져 장판석이 피로 물들 정도로 카이만은 강하게 머리를 찧었다.

"결과는?"

"당림은?"

"살아 있사옵니다."

"그러면 되었다. 일어나라."

야현의 용서가 떨어지자 카이만이 자리에서 일어났다.

"전 병력 갈리오스 공작령에 집결했사옵니다."

이어서 보고를 올렸다.

"가지."

그제야 야현은 흑오와 월영에게서 시선을 거두며 몸을 돌렸다.

그리고 카이만이 워프 게이트 진을 생성시키려는 그 때.

타앙—

묵직한 기파와 함께 뜨거운 바람이 한빙관을 두들겼다.

공기가 후끈하게 달아오르는가 싶더니.

파핫—

상반된 기운을 가진 기파가 한빙관을 뒤덮으며 차가운 바람이 뜨겁게 달아오른 열기를 식혔다.

야현은 걸음을 멈추고 몸을 다시 돌려세웠다.

석단 위에 누워 있던 흑오와 월영의 몸이 허공에 떠올라 있었고, 그들의 몸에서 각자의 기운이 휘몰아치고 있었다.

가장 중요한 순간이자 가장 위험한 순간.

그 어떤 방해도 있어서는 안 되기에 야현은 자신의 기척마저 지우며 멀찌감치 뒤로 물러났다. 카이만도 야현을 따라 조용히 기운을 지우며 뒤로 물러나 그 둘을 관망하기 시작했다. 둘의 기운이 때로는 고요하게, 때로는 폭풍처럼 시시각각 변화하기를 수회.

금방이라도 끝날 것만 같던 둘의 마지막 사투는 여섯 시진 이상 이어졌다.

지칠 법도 하건만.

야현은 미동조차 하지 않으며 둘을 지켜보고 있었다.

얼마나 더 오래 걸릴지 모르는 상황이었지만 카이만은 야현을 재촉하지도 않았다.

그 또한 초조함을 감추지 못한 채 둘의 변화를 지켜보고 있었다. 그렇게 다시 여섯 시진이 다시 흘렀다.

쿠오오오오—

쏴아아아아—

두 기운이 갑작스럽게 흉포하게 변했다.

절체절명의 순간이지만 한편으로는 삶과 기로의 순간이기도 하였다.

그리고 다시 반 시진.

흉포하게 사방으로 날뛰는 기운이 급작스럽게 움츠러들었다.

콰앙―, 파방―.

그리고 폭발하듯 사방으로 터져나갔다.

야현의 눈가에 깊은 주름이 패이고, 카이만은 지팡이를 움켜잡으며 눈을 부릅떴다. 그리고 둘을 향해 나가려는 것을 야현이 손을 들어 말렸다.

아니나 다를까.

화아아아아―

두 기운은 뜨겁고, 차가웠지만 느낌만큼은 봄바람처럼 하늘하늘하게 둘의 몸으로 천천히 스며들기 시작했다.

허공에 떴던 몸은 천천히 바닥으로 내려왔다.

"후우―."

흑오에게서 묵직한 호흡이 흘러나왔고,

"하아―."

월영은 간드러진 숨을 내쉬었다.

그리고 동시에 눈을 떴다.

"월영."

흑오는 애틋한 눈빛으로 월영을 불렀고,

"……가가."

월영은 손으로 입을 가리며 눈물을 주르르 흘렸다.

둘은 죽음을 떠올리며 마지막으로 서로를 가슴에 품었었다. 다시는 못 볼 줄 알았는데……, 사무친 그리움이 가슴을 흔든 것이었다.

"월영!"

"가가!"

둘은 가슴이 으스러져라 끌어안으며 입술을 포갰다.

"카이만."

야현이 조용히 그를 불렀다.

"해후가 끝나면 데려오라. 본인은 먼저 가 있지."

야현은 기분 좋은 미소를 슬쩍 드러내며 공간을 찢고 갈리오스 공작령으로 사라졌다.

그 기운에 흑오와 월영은 동시에 눈을 동그랗게 뜨며 화들짝 고개를 돌렸다.

그들의 시선 끝에는 찢어진 공간으로 사라지는 야현의 뒷모습이 담겼다.

"쯧쯧쯧."

카이만이 당황해서 어찌할 줄 모르는 둘을 보며 혀를 찼
다.

"늦겠다, 가자."

카이만도 홍시처럼 벌겋게 변한 둘의 얼굴에 즐거운 미소
를 드러내며 지팡이를 들어 올렸다.

팡!

이내 카이만의 기운이 셋을 휘감았다.

*   *   *

갈리오스 공작령.

대회의실.

마치 왕실의 대전을 보는 듯 대리석으로 만들어진 석단이
있었고, 그 위에는 수많은 무구들로 만들어진 거대한 철제 의
자가 존재했다. 그 용좌에 야현이 앉아 있었다.

단상 아래 긴 탁자 수하들이 자리하고 있었다.

암흑제국의 실세들이자 각자의 군벌을 이끌고 있는 군장
들이었다.

좌측에 흑마법사들을 이끄는 흑탑의 수장인 카이만을 시

작으로.

비록 이끄는 군사는 없지만 암흑제국 작전부 수장 초량.

친위대 적랑기사단장인 베라칸.

늑대인간 국왕 크라샤.

황실 기사단장 크리먼 후작.

갈리오스 공작가 붉은 날개 기사단장 콰스타.

다크 엘프 공국의 공왕 카질라 1세.

다크 엘프로 이뤄진 마계수 기사단의 단장이자 다크 엘프
공국의 대공인 시미다 1세.

드루이드의 지도자 아체로.

서큐버스의 여왕 엘리.

수인족을 대표하는 삼왕, 호왕 아이언 타이거, 묘왕 메이
시아, 충왕 데릭이 자리하고 있었다.

그 반대편 우측에는 무림 총군사 흑오를 시작으로.

하오문주 월영.

살문의 주인인 독고결.

남궁가주 갈위.

혈사련 4대 봉공, 구염부, 신림, 기덕해, 적무.

마지막으로 제갈지소가 남긴 제갈세가 구궁천기대 대주
제갈흑이었다.

야현은 그 한 명, 한 명을 내려다보다가 제갈흑에게서 멈췄다.

그는 혹시나 모를 미래를 대비해 제갈지소가 세가 내에서 은밀히 키운 무력단체, 구궁천기대의 수장이었다.

제갈흑은 뱀파이어였고, 그 수하들은 제갈지소의 혈단으로 힘을 키운 이들이었다.

즉, 제갈흑은 제갈지소의 후계자였다.

사실 개인적으로 격을 따지자면 제갈흑은 이 자리에 한 자리를 차지하고 앉을 수 없었지만 제갈지소의 후계자였기에 특별히 한 자리 마련된 것이었다.

야현은 제갈흑을 잠시 바라보다가 다시 시선을 거뒀다.

"모두 익히 들었을 것이다. 사천당문이 본인의 등에 칼을 찔렀다."

야현의 목소리가 대전에 울려 퍼졌다.

"그리고 많은 본인의 사람들이 그들의 손에 죽었다."

그 목소리는 한없이 차갑게 변해 갔다.

"지금도 죽어가고 있다."

야현이 자리에서 일어났다.

"하여. 지금까지와 달리 본인은 동방의 무림을 철저하게 짓밟을 것이다. 그리고 사천당문과 연관된 그 무엇은 모조리 지워버리겠다."

"폐하."

야현의 말이 끝나자 초량이 입을 열었다.

"반드시 그들을 응징하는 것이 마땅하오나, 서방의 상황도 매우 급박하옵니다."

"천마를 말하는 것인가?"

"고립될 것이라 여겼던 마교의 세력이 예상을 깨고 상당히 빠르게 몸집을 키우고 있사옵니다."

"마뇌의 전략이겠지. 신성제국은?"

"신성제국의 교황청과 직속령은 이미 마교의 손에 떨어진 지 오래이옵니다."

"교황은 죽었나?"

"교황은 신성기사단의 도움으로 간신히 휴디 왕국으로 몸을 피했다고 하옵니다."

"쯧."

야현도 미간을 좁히며 나직하게 혀를 찼다.

천마의 힘을 조금이라도 깎으려고 했는데 반대 상황이 되어버린 것이었다.

"위기감으로 교황을 중심으로 비록 힘이 집결되고 있으나 각국의 이해득실과 힘의 우위 싸움으로 인해 반격이 지지부

진한 상태이옵니다."

"교황의 성세가 옛말이 되어버렸군."

야현에게서 조소가 피식 튀어 나왔다.

"반면 마교는 천마를 중심으로……."

야현은 손을 들어 초량의 말을 끊었다.

"그대의 고민을 모르는 바가 아니나 지금은 중원, 사천당문이다."

"하오나……."

"정 그리 걱정된다면……, 그대가 직접 참전하여 천마의 동태를 살피도록 하라."

"그리하면 붉은 날개 기사단을 내어주십시오."

야현의 시선이 콰스타에게로 향했다.

"천마라는 자가 주군의 정적이라 들었사옵니다."

최고의 적.

전투 종족인 가고일, 천마와 마교를 상대하는 것보다 더 좋은 일이 있을까.

"그리하라."

콰스타의 복명에 야현이 초량을 다시 보며 허락했다.

"본인은 무림을 가질 것이다. 그 일차로 사천당문이 몸을 담은 무림맹을 지운다."

야현의 떨어진 명.

"명!"

"명!"

"명!"

우렁찬 복명이 대회의실에 울려 퍼졌다.

*   *   *

"폐하. 지금 무림이 심상치 않게 돌아가고 있사옵니다."

하루 일과를 마무리하는 늦은 밤, 현 황제 주치의 최측근
이자 평생 그를 보필해온 내관 이윤, 이 상선감태감이 다과를
내오며 조용히 말했다.

그의 또 다른 직위는 동창의 수장.

"무림이?"

주치는 따뜻한 생강차를 들이켜며 읽고 있던 상소문을 덮
었다.

"현이가 생각 이상으로 일을 크게 벌인 모양이군."

"크게 벌였다기보다 크게 벌어진 모양입니다."

"그건 또 무슨 소리인가?"

"야 공의 그림자로 들어갔던 사천당문이 비수를 찔렀나이

다."

"배반?"

주치가 낯을 찡그리며 말했다.

"그래서?"

"사천당문의 기반인 사천성 북촌이 폐허가 되었나이다."

"음? 사천성에서 전염병이 돌았다는 장계가 올라왔던 것 같던데."

"그게 전염병은 아니었사옵니다."

"백성들은 어떤가?"

"전염병이라는 소식에 처음에는 상당한 동요를 보였사오나 초기에 진압되었다는 낭보에 오히려 사천성 세 포정사사를 소리 높여 칭송하고 있다고 하옵니다."

"결과적으로는 잘된 일이군."

"하오나 폐하."

"상선. 뭘 그리 걱정하는가?"

"오늘 아침 천하에 포고문이 뿌려졌나이다. 그 내용이……"

"내용이?"

"무림맹을 전복하겠다는 선전포고였사옵니다."

"주체는?"

"야천이라 하옵니다."

"밤의 하늘이라……. 현이로군. 그 녀석 성정이면 조용히 무림을 접수할 텐데……. 사천당문 때문인가?"

"사천당문의 가주 당림이라는 자가 현재 맹주로 있사옵니다."

주치가 고개를 주억거리며 식은 차를 마저 비웠다.

"무림맹이라……."

거기에 만천하가 알게끔 선전포고를 하였다.

"흠."

주치도 생각 이상으로 일이 커졌음을 느낀 것인지 진중한 침음성을 내뱉었다.

"문제는 무림맹만의 일이 아니옵니다."

"말해보라."

"무림맹이, 그에 속한 오파일방과 오대세가가 비록 자잘한 사고를 친다 하더라도 정도를 표방하여 외적으로는 정대함을 보이고 있사옵니다. 더불어 좋든 싫든 관의 손길이 닿지 않는 곳에서 백성들의 안위를 지켜주는 일종의 자경단 역할을 하고 있사옵니다. 그런 무림맹이 무너진다면 치안에 공백이 생길 것이옵고, 그리하면 승냥이와도 같은 녹림채와 수로채가 백성들을 수탈할 것이옵니다."

기다렸다는 듯이 이윤 상선이 속사포처럼 말을 쏟아냈다.

"마교는 문제가 안 되나요?"

야현의 목소리에 이윤의 몸이 굳어졌다.

"왔는가?"

이윤의 말을 들은 까닭인지 한없이 야현을 반기는 목소리
는 아니었다.

야현은 주치 앞에 털썩 앉았다.

"일을 크게 벌였더군."

"세상사가 바라는 대로만 흘러가지 않지 않나?"

야현은 주치가 내민 찻잔에 가져온 위스키를 따랐다.

"마시겠나?"

"주게."

야현은 주치의 빈 찻잔을 위스키로 채웠다. 가볍게 잔을
비운 둘은 진중한 표정으로 서로를 쳐다보았다.

"사천당문으로만 끝내줄 수 없겠는가?"

"그럴 수 없네. 지금 이 순간에도 나의 사람들이 죽어가고
있어."

주치의 눈매가 가늘어지며 이윤에게로 향했다.

"적잖은 수의 하오문도가 개방의 손에 죽임을 당하고 있
사옵니다."

"흠."

주치의 침음성에 깊은 고심이 담겼다.

"자네를 이해하네. 짐이라도 그리했을 거야. 그러나, 현이."

주치가 야현의 얼굴을 다시 직시했다.

"조용히 해결할 수는 없겠나?"

"미안하네."

야현의 단호한 말에 주치의 표정이 변했다. 아울러 이윤의 얼굴은 사색이 되며 좌불안석, 전전긍긍하는 모습이었다.

"무엇이 그리 걱정인가?"

"……."

"치안?"

주치는 묵묵히 고개를 끄덕였다.

"녹림채, 수로채가 문제인가?"

"마교도 있사옵니다."

이윤이 재빨리 덧붙였다.

"원한다면 수로채, 녹림채, 마교도 그대의 땅 위에서 지워주지."

"……!"

"어차피 칼을 드는 마당에 피 좀 더 묻힌다고 뭐가 그리

달라질까? 원한다면 수로채와 녹림채, 마교. 이 모두를 지워주겠네."

야현의 표정이 무섭게 굳어졌다.

"아니, 아예 무림을 없애줄까?"

쿵!

주치는 뒤통수를 쇠망치에라도 맞은 듯 큰 충격에 눈을 부릅떴다.

탕.

야현은 갓 딴 위스키 병을 소반 위에 올려놓았다.

그 소리에 주치는 화들짝 상념에서 깨어났다.

"대답은 나중에 듣지. 아―, 그리고."

야현은 자리에서 일어나 주치를 내려다보며 말을 이었다.

"군대가 올 거야. 서방에 있는 본인의 군대가. 그리 알게."

야현은 차가운 미소를 그려낸 후 그 자리에서 사라졌다.

"무림, 무림이 없어진다라."

주치의 표정은 어느 때보다 굳어 있었다.

"가능한가?"

"……."

이윤이라고 해도 쉽사리 대답할 수 있는 것이 아니었다.

"만약에 말이야. 만약에 무림이 없어진다면 어떤가?"

"상세한 바는 좀 더 연구해 봐야겠지만 신의 생각으로는 온전한 천하의 주인이 되시리라 사료되옵니다."

"아니지, 아니야. 그래도 현이가 있지 않은가?"

"……."

"무림이 없어진다라, 무림이……."

주치는 눈을 반개하며 중얼거렸다.

"일단 전 군에 어명을 내리라. 무림에 일어나는 일은 당분간 관여치 말고 각별히 치안에 힘을 쓰라고."

"어명을 받자옵니다."

이윤이 명을 받들기 위해 잠시 자리를 뜨고, 주치는 야현이 남기고 간 위스키를 잔에 따랐다.

'짐이 아무리 천자라 떠받들어져도 인간은 인간인가?'

야현의 고압적인 행동.

거슬린다.

"흠."

주치는 단숨에 잔을 입에 털어 넣었다.

*   *   *

홍등가.

그도 저도 평범한 홍등 기루에 수백 명의 거지가 우르르 몰려들어 건물을 에워쌌다.

처음에는 대낮부터 재수 없게 거지들이 웬 말이냐며 침을 뱉고 욕하는 이들이 있었지만, 그 수가 백 명을 넘어서자 그들이 평범한 거지가 아닌 개방임을 알아차리고는 화들짝 겁을 먹고 사라졌다.

한순간 홍등가는 인적이 끊긴 유령도시처럼 사람의 그림자조차 사라져버렸다.

그 흔한 동냥 소리나 노랫가락도 없었다.

"개방의 영웅들께서 어인 일로 오셨는지요? 하하하."

살집이 좋은 퉁퉁한 주인이 손바닥을 싹싹 비비며 비루하고 불쌍한 표정을 지었다.

"네놈이 주인인가?"

개방 분타주가 주인 앞에 서며 험악하게 눈썹을 치켜세웠다.

"그, 그러하옵니다. ……혹 저희 기루가 개방 영웅들께 무슨 잘못이라도……."

주인은 금세라도 울음을 터트릴 것처럼 울상을 지으며 더 빠르게 양손을 비벼댔다.

"혈사련의 앞잡이가 이런 얼굴을 하고 있었군."

"예이?"

"하오문."

"당췌 무슨 말씀을 하시는지⋯⋯."

"어차피 한 놈도 살아서 나가지 못한다."

분타주의 싸늘한 살기에 울상을 짓던 주인의 표정이 빠르게 변했다.

"니미럴."

언제 굽실거렸느냐는 듯 주인은 허리를 반듯이 펴며 얼굴을 일그러트렸다.

"지랄 맞은 인생이군. 어이, 분타주."

주인, 하오문도는 하늘을 올려다보며 궁시렁거린 후 개방 분타주를 불렀다.

"아무것도 모르는 애들이오. 불쌍한 년들이니 그 아이들은 놓아주시오. 내 목을 내어줄 터이니."

"타구진을 펼쳐라!"

분타주는 하오문도, 주인의 말에 아랑곳하지 않고 수하들에게 살진을 펼치라 명했다.

탕! 탕! 타다다다당!

개방 제자들은 일제히 타구봉으로 바닥을 찍으며 살기를 표출했다.

"이보시오, 분타주! 정녕 죄 없는 아이들마저 죽일 셈인가?"

"무고한 이가 있을 수도 있겠지만, 대의를 위해 작은 희생은 불가피한 법. 하오문도는 단 한 명도 살아나갈 수 없다!"

"이, 이 쓰벌 놈!"

하오문도, 주인은 악에 받친 듯 욕지거리를 내뱉으며 분타주를 향해 달려들었다. 비록 하오문에 몸을 담았지만 무공의 무자도 모르는 평범하기 짝이 없는 범인이었다.

그런 그의 주먹에 분타주는 냉랭한 코웃음을 치며 가슴을 발로 후려 찼다.

팡!

"꺼억!"

하오문도, 주인은 피를 토하며 날아가 홍등가 기루 벽에 처박혔다가 바닥으로 쓰러졌다.

"악귀 같은 놈들. 뒷골목 왈패들도 사람 목숨은 귀한 법을 안다, 이놈들아! 쿨럭!"

하오문도, 주인은 부들부들 떨리는 몸을 힘겹게 일으켜 기루 정문 앞에 섰다.

"오냐, 죽여라! 빌어먹을 놈들! 나부터 죽여라!"

"이런 화를 쳐버릴 놈들!"

"죽여! 어디 죽여 봐!"

앳된 기녀부터 퇴기까지 우르르 나와 주인을 부축하며 개방 제자들을 향해 온갖 욕이란 욕은 다 내뱉었다.

"뭣들 하나? 간악한 종자들이다! 어서 치지 않고 뭣들 하나?"

분타주는 인상을 잔뜩 찡그리며 짜증을 담아 다시 명령했다.

"우어어어!"

"흐어어어!"

그 명에 개방 제자들이 일제히 기합을 터트리며 기루를 향해 몸을 날렸다.

"꺄아아악!"

무시무시한 몽둥이질에 기녀들이 악에 받친 비명을 질렀을 때였다.

쏴아아아아아—

따뜻한 날씨와 어울리지 않는 차갑고 매서운 한풍이 골목길을 휘몰아쳤다.

"음?"

갑작스러운 추위에 분타주가 인상을 더욱 찡그리며 몸을 파르르 떨었다.

"……?"

그런 그의 앞에 한 여인이 서 있었다.

월영.

그녀는 빠르게 분타주 앞으로 다가가 그의 머리를 움켜잡았다.

"끄아……."

분타주는 비명도 온전히 내지르지도 못하고 머리가 얼어붙으며 절명했다.

퍼석!

월영은 분타주의 언 머리를 부수며 주변의 개방 제자들을 쳐다보며 살기를 폭사시켰다.

"감히 내 아이들을 건드려?"

파드드드득!

월영의 몸 주위로 차가운 얼음 창이 피어났다.

"약속하마! 이 땅 위에서 거지란 거지는 모조리 죽여버려주마!"

동시에 수십 자루의 얼음 창이 사방으로 폭발하듯 비산했다.

제12장

지옥이 곧 본인의 고향이니
그곳이 곧 극락인 셈이로군요

홍등가 골목길에 얼음 꽃이 피었다.

꽃잎 하나하나가 붉은빛으로 물들어 갔다.

"얼음 마녀의 탄생인가?"

"천하가 두려움에 떨겠군요. 우히히히."

하늘, 허공에서 야현과 카이만, 그리고 흑오가 홍등가 골목길을 내려다보고 있었다.

콰광! 콰르르르르르—

이야기가 채 이어지기도 전에 서늘한 냉기가 발밑에서 올라오며 폭음과 함께 지축이 울렸다.

기루 주위로 수백, 수천의 얼음 가시가 방벽처럼 빼곡하게 솟아 있었고, 그 가시덤불 안에 개방 제자들이 피조차 흘리지 못하고 죽어 있었다.

하늘을, 정확히는 허공에 떠 있는 야현을 올려다보는 월영의 시선에 야현이 히죽 웃음을 지었다.

『어떻게 하겠나? 개방 총타로 갈 것이다.』

그 물음에.

『소녀가 가겠사옵니다.』

월영은 강한 어조로 '소녀도'가 아니라 '소녀가'라 했다.

그 말은 홀로 개방을 무너트리겠다는 의지를 드러낸 것이었다.

"하하, 하하하하하!"

잠시 월영을 내려다보던 야현이 대소를 터트렸다.

"카이만."

"예, 주군."

"홀로 움직이기는 힘들 터이니 괜찮은 흑마법사 한 명 붙여줘."

"그리하겠사옵니다. 우히히히."

복명에 허리를 숙였던 카이만이 허리를 펴는 동시에 월

영을 바라보며 괴소를 터트렸다. 그 괴소에 월영이 눈웃음으로 화답한 후 마지막으로 흑오를 지그시 쳐다보았다.

"흑오."

"예, 주군."

야현의 부름에 흑오가 서둘러 월영을 향한 눈빛을 거두며 허리를 숙였다.

"그대는 어찌하고 싶나?"

"우히히히. 주군."

야현의 말에 카이만이 불쑥 끼어들었다.

"물어보나 마나 한 질문인 듯하옵니다."

"그런가?"

야현도 순간 피식 웃음을 삼켰다.

"월영을 도와주도록 해. 하오문 역시 그대와 아주 남은 아니니."

"감사하옵니다."

야현은 다시 월영을 내려다보았다.

『하는 데까지 해 봐.』

야현이 고개를 끄덕이며 몸을 돌렸다.

"카이만, 그러면 우리는 어디로 갈까?"

"하남성으로 가시는 것은 어떻사옵니까?"

"소림사?"

"현재 문 재건을 위해 구슬땀을 흘린다 하옵니다."

"쉽지 않은 상대군."

"그러나 지금의 병력이라면 능히 짓밟을 수 있을 것이옵니다."

"소림사라⋯⋯."

야현은 턱을 쓰다듬으며 고민에 빠졌다.

소림사가 무서워서가 아니었다.

눈앞에 차려진 식탁에서 좋아하는 맛난 것을 먼저 먹느냐 아니면 마지막에 먹느냐를 고민하는 것과 마찬가지였다.

"소림을 치면 무당도 바로 쳐야 하는데."

"그리 되면 천하의 문파들이 무림맹으로 집결할 것이옵니다."

"특출하게 맛있는 것은 없어도 식탁이 풍성해지는군."

짧은 고민.

이내 지어진 차가운 미소.

"일단 먹고 보지. 전군을 등봉현으로 집결시켜."

야현은 서서히 저물어가는 태양을 바라보며 말을 이었다.

"내일의 해가 뜨기 전에 소림과 무당, 두 곳을 이 땅 위
에서 완벽히 지운다."

"우히히히히, 명!"

*   *   *

등봉현에 짙은 노을이 깔렸다.

슬슬 하루 일과를 마치는 이들도 있었고, 일찌감치 마무
리하고 각자 집으로 가거나 고된 하루를 술로 풀기 위해 주
점으로 향하는 이들도 있었다.

이러한 모습들은 여느 도시나 마을과 다름없었지만 하나
다른 점이 있다면 차분한 분위기였다.

이른 술자리에 얼큰하게 취한 이들도 간혹 하나둘 보였
지만 고성방가를 지르는 등의 추태는 보이지 않았다.

누구라고 할 것도 없이 대부분 마을 사람들은 평안한 표
정을 짓다가도 간혹 걱정이 가득한 눈으로 숭산 쪽을 바라
보고 있었다.

불타버린 소림사.

그들의 눈이 향한 곳은 바로 새롭게 재건되고 있는 소림
사였던 것이었다.

그리고 삼삼오오 술잔을 나누는 이들의 대화의 주요 화
제도 바로 소림사였다.

"어서 옛 위용을 찾아야 할 텐데."

"자네, 시주는 했는가?"

"그럼 했지. 웬일인지 마누라가 꿍쳐놓은 목돈을 턱 하
니 내놓더군. 자네는?"

"딸년 시집갈 때 주려 모았던 밑천을 내놓았네."

"허어ㅡ."

대답을 들은 사내가 놀랍다는 듯 감탄을 터트렸다.

"우리가 어느 분들 때문에 살아가는데……, 딸년 시집
혼수는 다시 모으면 되지."

"하긴. 배곯지 않지, 화적 떼 없지, 가렴주구 탐관오리도
없지."

사내가 고개를 끄덕이며 술잔을 들었다.

그리고 두 친구가 술잔을 가볍게 마주치고 둘의 입으로
가져갈 때였다.

"음? 왜 그러나?"

탁주를 시원하게 들이켜던 이가 술잔을 든 채 멀뚱히 대
로를 바라보는 친구를 보며 그의 시선이 향한 곳으로 고개
를 돌렸다.

"음?"

그리 넓지는 않지만 그래도 좁지 않은 대로 끝에, 붉은 노을을 등에 인 수많은 그림자가 모습을 드러냈다.

평소라면 그저 호기심 어린 눈으로 스쳐보는 것이 전부였겠지만 무슨 이유였는지 그들에게서 시선을 뗄 수 없었다.

비단 대로를 따라 걸어오는 이들에게서 시선을 떼지 못하는 이들은 이들뿐만이 아니었다.

대로를 중심으로 길게 이어진 객잔과 상점에 자리한 이들의 모든 시선이 그들에게로 모였다.

거리에 왁자지껄한 소음이 사라지고.

저벅 저벅— 척척척척척!

그림자들이 만들어낸 발걸음 소리만이 대로를 중심으로 사방으로 퍼지고 있었다.

"숨 막히는군."

누군가 목을 매만지며 반쯤 남은 술잔을 비웠다.

모든 이들이 갑자기 모습을 드러낸 한 무리에 시선을 뗄 수 없었던 이유는 극에 달한 긴장감과 소리 없는 행진 때문이었다.

"야천?"

2층 객잔에서 누군가가 창문에 붙어 그들 사이에 펄럭이는 깃발에 적힌 두 글자를 외쳤다.

"야천이다!"

소림사와 밀접한 관계를 나누다 보니 여느 도시보다 무림사에 관심이 깊은 마을 사람들이었다.

무림맹에 선전포고한 야천에 대해 모를 리 없었다.

적막이 흐르던 대로에 웅성거림이 커졌다.

"우히히히."

카이만이 괴소를 터트리며 야현 곁으로 바싹 다가섰다.

"꼭 이렇게 행군할 필요가 있사옵니까?"

"천하에 각인시키려면 어쩔 수 없어."

"각인이라……."

"천하 무림에 공포를 심어줘야지."

"우히히히히!"

어느 정도 대로를 지나치자 야현이 손을 슬쩍 들어 올렸다.

그러자 대로를 따라 행군하던 암흑제국 군대의 분위기도 싸늘하게 바뀌었다.

파밧!

야현이 허공으로 몸을 날려 숭산, 소림사를 향해 빠르게 사라지자.

파바바밧! 파바밧!

뒤를 따르던 수천의 병력이 밤하늘로 날아올랐다.

까맣게 뒤덮은 그림자 떼.

숭산 소림사로 날아오른 이들은 대로에서 행군하던 이들만이 아니었다.

등봉현 대로 주위로 이어진 소로와 골목길에서도 수많은 인물들이 날아오른 것이었다.

"허억!"

하늘을 가득 뒤덮은 인영에 등봉현 사람들 대부분 놀라 엉덩방아를 찧거나 바닥에 주저앉으며 경악성을 터트렸다.

＊　　　＊　　　＊

임시로 통나무를 얹어 만든 산문이 야현을 맞이했다.

산문 아래 걸린 현판도 나무판에 급히 새겨 넣은 듯 조잡하기 이를 데 없었다.

야현은 다듬어지지 않은 산문 기둥을 쓰다듬었다.

까끌까끌한 껍질이 느껴졌다.

"다시 태우려니 가슴이 아프군."

애틋한 말과 달리 야현의 입술에는 차가운 미소가 걸려 있었다.

우르르 콰당탕탕탕!

야현은 엉성한 산문 기둥을 단숨에 부쉈다. 그에 산문이 힘없이 무너지며 '소림사'라 적힌 현판이 야현 발 앞으로 나뒹굴었다.

콰직!

야현은 현판을 발로 밟아 부수며 소림사로 향했다.

화려하지는 않았지만, 세월의 깊이가 느껴지던 소림사.

모든 것이 불타고 휑하니 터만 드러난 경내에 수십 개의 천막이 일정한 위치를 잡고 세워져 있었다. 그 중앙에 자리한 아담한 천막에 십여 명의 승려들이 장방의 탁자에 앉아 있었다.

특이한 것은 황토빛 승복 사이에 묵처럼 검은 승복을 입은 이가 있다는 것이었다.

흑림.

소림사의 숨은 칼이 누란의 위기에 현세로 나온 것이었다.

일암은 소림사 가장 큰 어른으로, 백료는 흑림을 대표로 참석한 것이었다.

"쉬운 일이 없군. 아미타불."

방장 원중이 지친 목소리로 불호를 읊었다.

"그래도 보살들과 처사들께서 아낌없는 시주를 해오고 있으니 힘을 내시게나."

일암이 무거운 짐을 짊어진 원중을 위로했다.

"그리고 속가문파에서 수많은 지원과 자발적으로 귀의하는 제자들도 있으니 너무 염려치 마시지요."

나한전주 굉허의 위로.

소림사에서 살아남은 이의 수는 멸마군에 참여했던 칠백여 명이 다였다.

그럼에도 현재 소림사에 거주하는 무승의 수는 일천 명에 육박하고 있었다.

굉허의 말처럼 속가문파 제자 중에 속세를 떠나 자발적으로 귀의한 이의 수가 적지 않았던 것이었다.

아울러 비록 승려가 되지는 않았지만 든든하게 소림사를 받쳐주는 속가문파 소속 제자들의 수 또한 이천 명을 상회할 정도였다.

비록 소림사라는 껍질, 사찰은 모두 불타고 없어졌지만,

소림사를 지탱하는 사람의 수는 오히려 늘어난 셈이었다.

물론 그중 속가문파 제자들은 언젠가 각자의 터전으로 돌아갈 테지만, 외형적으로 현재 소림사는 일시적으로나마 힘을 되찾은 상황이었다.

"가장 시급한 것은 장경각의 소실이옵니다. 다른 것은 차치하더라도 불경과 무경은 반드시 재기록을 해야 할 듯하옵니다."

"이 기회에 속가문에게 문호를 좀 더 개방하는 것은 어떤지요?"

여러 의견들이 오갔다.

그리고 회의가 무르익어 갈 때쯤이었다.

"방장, 속가문의 대표들이옵니다."

앳된 무승의 전언과 함께 십여 명의 장년인들이 천막 안으로 들어왔다.

그들은 경건하게 합장으로 인사를 올렸다.

"앉으세요."

원중은 그들에게 자리를 내어주었고, 속가문 문주과 가주들은 나이를 떠나 말석에 자리하고 앉았다.

"어려운 시기에 이처럼 힘을 보태줘서 감사하네."

"아니옵니다. 비록 속세에서 살아가나 근본을 어찌 잊겠

나이까? 자식이 부모를 봉양하는 것이오니 짐이라 여기지 말아주시옵소서."

그들을 대표하는 듯 속가문에서 가장 큰 성세를 누리고 있는 일권문 문주가 말했다.

"그리 말해주니 참으로 감사할 따름이네, 아미타불."

"아미타불."

이어 속가문파 문주와 가주들에게서도 불호가 화답으로 이어졌다.

"그래서 말이네."

원중의 말에 문주와 가주들의 자세가 바뀌었다.

"이 기회에 문호를 좀 더 열자는 말이 나왔네."

누가 먼저라고 할 것도 없이 문주와 가주들의 눈동자가 놀라 동그랗게 떠졌다.

문호의 개방.

그 말인즉슨 좀 더 상위의 무공을 개방하겠다는 의미였다.

무공의 개방은 속가문 자체의 힘과도 직결되는 부분이었다.

"바, 방장……."

"시기가 시기인 만큼 애먼 눈으로 봐주지는 말게나. 다들."

원중이 씁쓸한 눈빛을 띠며 말하자.

"아니옵니다. 아니옵니다."

일권문 문주가 황급히 손사래를 치며 부정했다.

"천부당만부당한 말씀이시옵니다."

"어찌 저희가 그런 불경한 마음을 가지겠습니까? 가당치도 않은 말씀이시옵니다."

다른 문주와 가주들도 황급히 말을 보탰다.

"그리들 말씀을 해주시니 빈도의 마음이 한결 가벼워지는구려."

화기애애한 분위가 만들어졌고, 좀 더 편안한 분위기에서 다시 회의가 시작되었다.

그리고 얼마 후.

"음?"

좌주의 시선이 한 곳으로 향했다.

귓가에 희미한 소음이 들린 것이었다.

그 소음은 바로 산문이 부서지는 소리였다.

콰당!

일암이 가장 먼저 의자에서 벌떡 일어났다.

이어 백료와 원중, 굉허가 순차적으로 자리를 박차고 일어났다.

구오오오오오!

좌중들이 어리둥절한 표정을 지을 때쯤, 살을 에는 듯한 살기가 그들의 몸을 베었다. 섬뜩한 살기에 천막에 있던 이들 모두가 빠르게 천막에서 벗어나 밖으로 향했다.

지독한 살기에 소림사에 모여 있던 모든 이들이 굳은 표정으로 주변을 살폈다.

그 흔한 전각 하나 없는 휑한 터였기에 주변을 살피는데 아무런 장애도 없었다.

잠시 후, 소림사 경내를 두른 숲에서 수천 명의 그림자가 모습을 드러냈다.

"이 밤중에 찾아온 시주는 누구신가?"

일암이 허공답보로 허공을 밟으며 내력을 담아 물었다.

강력한 사자후에 땅거죽이 파도처럼 뒤집어지며 모습을 드러내는 그림자들을 덮쳤다.

쿠웅!

그에 못지않은 묵직한 기운이 다섯 꼭짓점에서 터져 나왔고, 사자후의 기운을 파쇄하였다.

일암의 미간이 좁혀지고.

"한밤의 손님이 반갑지 않은 모양입니다."

그의 시선이 머리 위로 올라갔다.

달빛 아래 야현이 서 있었다.

천천히 아래로 내려와 일암 앞에 섰다.

"시주는 누구신가?"

그 질문에 야현이 한쪽으로 팔을 뻗었다.

쑤앙—

무거운 파음과 함께 창대가 야현의 손으로 날아왔다.

쾅!

야현은 그 창대를 일암과 자신의 중앙에 꽂았다.

펄럭—

창대에 휘장이 휘날리며 두 글자가 펄럭였다.

야천!

밤의 하늘.

"답이 되었는지 모르겠군요."

"그대가……."

"사천당문에게 들었는지 모르겠군요."

야현이 싱긋 웃음을 지으며 허리를 반쯤 숙여 우아하게
인사하며 말을 이었다.

"혈사련의 주인이기도 하며, 사천당문의 옛 주인이기도
합니다. 뭐 슬프게도 기르던 개에 물리고 말았지만요."

야현은 슬프다는 듯 가슴에 손을 얹으며 과장되게 처량한 목소리로 말했다.

그 사실을 알 리 없었던 일암.

그의 눈에 당황함이 스치고 지나갔다.

"이런, 그대들도 모르고 있었군요."

야현은 슬프다는 듯 가슴에 얹은 손을 가볍게 두들겼다.

"소림사가, 무림맹이 천마성으로 간 것도, 그사이 소림사가 잿더미가 된 것도 다 본인과 사천당문의 일이었지요."

슬픔은 사악한 미소로 바뀌었다.

"아쉽게도 그 사실을 모르고 소림사는 사천당문과 손을 잡았더군요."

야현의 얼굴에서 그 미소조차 서서히 지워졌다.

"소림사의 재건을 전폭 지원하겠다는 얄팍한 약속에 말이지요."

그리고 야현의 얼굴에서 표정이 완전히 지워졌다.

"그대가, 그대들이 그 사실을 알았는지 몰랐는지는 상관없습니다. 본인은 주인을 문 개와 함께한 이들을 모조리 죽일 것입니다."

충격에서 쉽사리 헤어 나오지 못하는 일암을 향해 야현

이 어둠을 찢고 바투 다가섰다.

쐐애애액!

동시에 아공간에서 야월을 뽑아들어 내리그었다.

사각!

검 끝에서 가르는 감각이 느껴졌다.

역시나 야월의 검극에서 핏물이 튀었다.

그러나 야현의 눈가가 찌그러졌다.

피를 흘려야 할 일암의 신형이 눈앞에서 사라졌기 때문
이었다.

"흡!"

순간 야현이 눈을 부릅뜨며 야월을 거두며 검면으로 방
패처럼 왼쪽 몸을 가렸다.

카강!

묵직한 충격이 야월의 검면을 강타했고, 그 힘에 야현의
몸이 오른쪽으로 주르르 밀려났다.

야월을 쥐고 있던 양손의 손목이 시큰거릴 정도로 강한
일격이었다.

"뭣들 하나요?"

야현이 일암에게서 눈을 떼지 않으며 입을 열었다.

"전군!"

기다렸다는 듯 팬텀 홀스를 탄 베라칸이 검을 뽑아들며 앞으로 뛰어나왔다.

"진격하라!"

"우와아아아아아!"

"와아아아아아!"

우렁찬 함성이 소림사를 에워 감쌌다.

그리고 수천 명의 군대가 소림사 경내로 뛰어들었다.

"크허어엉!"

"크하아아앙!"

베라칸의 영향일까.

가장 먼저 움직인 것은 늑대인간 전사들이었다.

단숨에 본체를 드러내며 늑대인간 전사들은 압도적인 파괴력으로 소림사 속가제자들을 무참히 찢어발겼다.

"크하아앗!"

"캬하아악!"

그에 뒤질세라 뱀파이어들도 나섰다.

늑대인간들이 순수하게 야만적이라면 뱀파이어들은 갑옷을 입은 신사, 잔인하게 아름다운 기사들이었다.

"키히이이이!"

"크하악!"

쐐애애애액!

뒤를 이어 각자의 야성을 터트린 수인족과 어둠 속에서 은밀하게 활을 뿌려대는 다크 엘프 전사, 후방에서 기이한 술(術)을 펼치는 흑마법사와 드루이드까지.

소림사 경내는 이제껏 경험하지 못한 괴이한 지옥도로 변해버렸다.

"너, 너희들은 누구냐?"

일암은 난생처음 보는 종족들의 기괴한 힘에 굳건하던 두 눈이 흔들렸다.

"지옥의 야차가 있다면 그게 바로 본인과 본인의 군대지. 지옥 같은 어둠에서 튀어나왔으니!"

야현의 신형이 다시 어둠 속으로 사라졌다.

쐐애애액!

야현의 야월이 일암의 등을 갈라왔고, 일암은 허리를 숙여 피했다.

"본인은 야망과 분노에 사로잡혔다고 하여도 할 말 없지만, 본인의 수하들은 아닙니다."

팡!

일암의 일권에 야현은 비켜 막으며 그의 품으로 파고들었다.

꽉!

야현과 일암의 두 어깨가 부딪혔고, 두 얼굴이 가까이 마주했다.

"평생을 짓밟혀온 삶. 아니, 수백 수천 년 짓밟히고 억눌린 일족의 삶과 한. 그들을 본인이 야망이라는 두 글자로 세상에 내보내려 합니다."

팡! 팡!

빠르게 공수가 오가고, 다시 두 어깨가 붙었다.

"그대가 지옥의 야차로구나!"

"말이 참으로 거칠고 투박하십니다. 대자대비하신 부처님을 뫼시는 분이."

"갈!"

야현의 조롱 섞인 말에 일암이 일갈을 지르며 살수를 꺼냈다.

일암이 갈고리같이 날카로운 손으로 야현의 목을 향해 금나수(擒拿手)를 펼쳤다.

야현이 재빨리 허리를 젖혔고, 일암의 금나는 야현의 앞자락을 찢었다.

팍!

야현은 앞섶을 찢고 지나가는 일암의 팔을 발로 차올리

며 뒤로 물러났다.

"하하—."

야현은 걸레가 돼버린 웃옷을 바라보며 헛웃음을 터트렸다.

"소림은 소림인가 봅니다."

야현은 야월을 바닥에 꽂으며 웃옷을 벗었다.

화르르륵!

바닥으로 떨어지는 웃옷은 불길에 재가 되어 사라졌다.

"그래서 즐겁습니다."

야현은 땅에 꽂힌 야월을 다시 뽑아들었다.

"그대를 발판 삼아 본인은 더 높이 날아갈 수 있으니."

"아미타불!"

"주절주절 말이 많았군요."

야현은 다시 한 번 싱긋 웃음을 보인 후 다시 야월을 들었다.

파앙— 쏴아아아아아아!

야현의 주위로 엄청난 기운이 폭발하였다.

유형의 기운에 일암의 두 눈이 부릅떠졌다.

맑다.

맑고 투명하다.

맑고 투명하며 순수하다.

그러나!

그 기운은 맑고 투명하고 순수한 만큼 어둡다.

마치 태초의 악을 보는 듯, 그러하게.

생각하는 마의 기운과는 차원이 다른 기운에 일암은 경악을 금치 못했다.

평정심은 깨어지고.

야현은 그 틈을 놓치지 않았다.

쐐애액!

야현의 살검에 일암은 황급히 뒤로 물러났다. 그러나 그가 밟은 땅에서 화염이 치솟아 올라 그의 다리를 휘감았다.

"큭!"

다리를 파고드는 고통에 신음을 채 삼키기도 전에.

쾅!

야현의 발이 일암의 가슴에 틀어박혔다.

"컥!"

뒤로 밀려나는 일암.

"크하앗!"

야현이 허공으로 몸을 날리며 야월을 치켜세웠다. 그리고 순수한 흑, 마기를 야월을 통해 폭사시키며 내리그었다.

콰르르르르르—

청명한 하늘에 갑작스러운 먹구름이 일 듯 야월을 주위로 검은 기운이 만들어졌고, 그 기운들이 서로 맞물려 새하얀 벼락을 뿜어댔다.

"흐아앗!"

뒤늦게 정신을 차린 일암은 중후한 내력을 주먹에 집중하며 일권을 내질렀다.

크르르르르르!

짐승의 울음처럼 거칠고 포악한 야현의 마기.

쿠우우우웅!

정명하고 장대한 기운을 닮은 일암의 백보신권.

콰과과과과과광!

두 기운이 부딪혔고, 폭발하였다.

그 여파로 지축이 뒤틀리고 하늘마저 흔들렸다.

자욱한 먼지가 피어났다.

휘이이잉—

차가운 바람이 먼지를 걷어냈다.

"크윽!"

한쪽 팔이 사라진 일암이 위태하게 서 있었고, 야현은 그런 그를 향해 왼팔을 뻗고 있었다.

"헙!"

섬뜩한 느낌에 일암은 서둘러 몸을 날려 바닥을 굴렀다.

콰드드드득!

그가 서 있던 바닥에서 날카로운 얼음 창 수십 자루가 튀어 올랐다.

일암은 다시 머리를 갈라오는 야현의 검에 바닥을 박차고 다시 뒤로 물러났다.

콰과꽉!

땅이 갈리고 그 충격이 일암의 몸을 관통했다.

"크윽— 헉헉헉!"

일암은 단 몇 수만에 만신창이의 몸이 되어 거친 숨을 토해냈다.

"소승 지옥에서 참회하겠나이다! 아미타불!"

일암의 눈에서 시퍼런 정광이 터져 나왔다.

거칠었던 숨결도 금세 사라졌고, 피폐한 몸놀림도 굳건하게 바뀌었다.

잠력, 진신내력을 터트린 것이었다.

몸을 곧추세운 일암이 야현을 향해 한 걸음 내디뎠다.

자작!

그의 걸음에 땅마저 갈라졌다.

"흐압!"

일암이 하나밖에 남지 않은 왼손으로 반장을 했다.

그런 그의 몸에서 눈 부신 빛이 만들어졌다.

"시주. 함께 지옥으로 가시지요."

"지옥?"

"그렇소이다. 아미타불!"

"지옥이 곧 본인의 고향이니 그곳이 극락인 셈이로군
요."

야현이 희미한 미소를 지으며 한 걸음 다가갔다.

파지지직!

새하얀 빛과 투명한 검은 빛이 마주치자 둘 사이에서 불
꽃이 튀기 시작했다.

"아미타불!"

일암이 한 걸음 더 다가서자.

파자자자작!

두 기운이 포개지며 더욱 강렬한 불꽃이 사방으로 비산
했다.

"크크크!"

야현이 다시 한 걸음 더 내디뎠다.

"부화뇌동!"

다시 일암이 다가섰다.

그리고 야현이 다시 걸음을 내디딜 때.

"하앗!"

일암은 혼신의 내력을 다해 일 장을 내질렀다.

대승반야선공(大乘般若禪功), 반선수(反禪手)!

쿠오오오오!

거대한 기운이 야현의 가슴에 직격했다.

"크윽!"

야현의 안색이 매섭게 굳어졌다.

"크르!"

정명한 기운은 하나의 구슬이 되어 야현의 가슴으로 조금씩 파고들기 시작했다.

"크르르르르!"

야현의 눈이 붉게 변했고, 날카로운 어금니가 튀어나왔다.

찌직!

어깨가 꿈틀거리며 살이 찢어지는 소리가 터졌다.

푹!

길고 얇은 무엇이 야현의 등에서 튀어나왔다.

그 길고 얇은 것은―.

펄럭!

거대한 날개였다.

그것은 마계 전사 가고일의 힘의 원천이자 상징이었다.

*   *   *

"어, 어찌……."

일암의 눈이 찢어질 듯이 크게 떠졌다.

"크르르르!"

야현의 입에서 흘러나오는 소리 또한 인간의 것이 아니었다.

"짐승."

살심에 사로잡힌 흉포한 짐승의 울음이었다.

"크하앗!"

야현의 가슴을 파고들던 빛덩이, 일암의 진신 내력이 만든 강기가 강제로 밀려 나왔다.

"큭!"

내력이 역류하자 일암의 입가에 가는 피가 흘러내렸다.

찌직— 차작!

몸 내부에서 들려오는 천이 찢어지는 듯한 소리에 일암

의 눈썹이 꿈틀거렸다.

내력이 역류하자 그 반동으로 혈도에 무리가 간 것이었
다.

자칫 단전까지.

일암은 입술을 지그시 깨물며 더욱 크게 발을 내디뎠다.

펑!

그러자 힘에 밀려나던 강기가 폭발하였다.

콰과과과광!

그 여파는 상상 이상이었다. 야현과 일암이 서 있는 중심
을 시작으로 주변 3장 가량이 초토화가 될 정도로 엄청난
파괴력을 보였다.

"현세에 놔둬서는 안 될 인간의 탈을 쓴 악마로구나."

일암은 왼손으로 넝마처럼 변한 승복을 벗어버렸다.

"지옥에 간다 한들 너만은 데리고 가야겠다!"

일암은 왼손으로 빠르게 아랫배, 단전 부근의 혈도를 찍
었다.

"끄윽!"

고통에 찬 잔 경련과 함께 그의 근육이 일시에 부풀어 올
랐고, 동시에 핏줄이 징그러울 정도로 돋아났다. 더불어 그
의 눈동자도 붉은 홍옥을 연상시킬 정도로 붉게 충혈되었

다.

쿠오오오오오!

거센 칼바람이 일암의 몸에서 휘몰아쳤다.

단숨에 다시 한 번 내력이 증폭한 것이었다.

"흐읍!"

"크으으!"

내력이 폭풍처럼 사방으로 휘몰아치자 그 기운에 휘말린 이들은 제 몸을 추스르기 급급해졌다.

그러자 사납던 싸움도 그치고 그들은 거센 내력을 뿜어내는 일암과 그 앞에 선 야현을 바라보기 시작했다.

"사, 사숙!"

자신의 것인지 적의 것인지 모를 피를 흠뻑 뒤집어쓴 원중이 외쳤다.

그 외침이 주는 여파는 컸다.

생을 단숨에 태워 눈앞에 서 있는 적의 수장을 죽이려 한다는 사실을 깨달은 것이었다.

육체를 넘어서는 힘을 감당한다는 것은 모진 고통을 동반한다.

"끄으으으!"

아니나 다를까, 폭주하는 내력이 버거운 듯 일암은 괴로운 신음을 흘렸다. 그러나 그러한 신음도 잠시, 일암은 입술을 굳게 닫으며 핏발이 선 눈으로 야현을 노려보았다.

야현도 입가에 웃음을 지으며 양발을 벌렸다.

구오오오오!

야현의 몸에서도 일암의 힘에 응답이라도 하려는 듯 시커먼 기운이 휘몰아치기 시작했다.

펄럭!

그 기운과 함께 야현은 거대한 날개를 펄럭이며 허공으로 반 자가량 날아올랐다.

쿠오오오오!

츠츠츠츠츳!

일암의 황금빛 불기(佛氣)와 야현의 묵빛 마기가 서로를 향해 몸집을 불려 갔다.

닿을 듯 말 듯 바투 다가서서 서로의 영역을 건드리며 기세 싸움을 펼쳤다.

쿠오오오오—

츠츠츠츠츳—

그리고 약속이라도 한 것처럼 두 기운이 잠시 뒤로 물러났다.

쇠붙이 소리와 비명이 난무하던 소림사 경내에 정적이

내려앉았다.

숨소리조차 들리지 않을 정도였다.

모두 느낀 것이었다.

두 기운이 마지막 숨 고르기를 하고 있으며, 그 숨 고르기가 마쳤을 때 둘 중 하나는 죽을 거라는 사실을.

주르르르—

둘을, 정확히는 일암을 바라보는 원중의 두 눈에 굵은 눈물이 흘러내렸다.

둘 중 하나가 죽는다 하지만, 실상은 일암은 반드시 죽는다.

마지막 생과 혼을 태우고 있기에.

'아미타불! 아미타불! 아미타불!'

그가 할 수 있는 일은 제발 헛된 죽음이 아니기를 부처님께 빌고 또 비는 것뿐이었다.

콰과과과과과광!

고막이 터질 듯 엄청난 폭음이 터졌다.

일암의 기운과 야현의 기운이 모든 힘을 다해 부딪힌 것이었다.

파방 파바바방!

두 힘이 부딪힌 여파는 엄청났다.

단순한 후폭풍일 뿐이었지만 두 기운이 만들어낸 강한 반발력에 주위에 있던 이들이 그 힘에 휘말려 뒤로 날려갔다.

대다수가 그 자리에서 정신을 잃고 쓰러졌으며, 겨우 정신을 수습하는 이들도 충격의 여파를 이기지 못하는 모습이었다.

겨우겨우 자리를 보전하고 온전한 모습으로 서 있는 이들의 수는 그다지 많지 않았다.

아니, 소림사 무승과 그 속가제자들만 그러했다.

정예 중에 정예인 암흑제국 소속 전사들은 대부분 자리를 보전하는 모습이었다.

그러한 사실을 전혀 파악하지 못한 채 원중은 눈을 부릅뜨고 야현과 일암의 대결을 지켜보고 있었다.

쿵!

서로 얽히고 부딪히며 만들어내는 기운의 폭풍 속에서 한 인물의 무릎이 꺾였다.

"아—."

원중의 목소리가 파르르 떨렸다.

팡!

묵직한 파음과 함께 일암의 몸이 땅바닥을 긁으며 뒤로

밀려났다.

"끄으⋯⋯."

일암이 겨우 몸을 수습하며 다시 허리를 세우는 순간, 그는 눈을 찢을 듯 치켜떴다.

파르르 몸이 떨렸다.

그리고.

파악!

그의 몸이 산산조각 나며 혈우가 되어 바닥을 적셨다.

붉게 물든 땅 위에 야현이 내려섰다.

"주, 주군."

그의 등에 펄럭이는 커다란 날개에 놀라 카이만이 그답지 않게 말까지 더듬었다.

"존재하되 존재하지 않는, 갈리오스 공작의 유산이지."

야현의 말이 끝나기가 무섭게 위용을 자랑하던 날개가 '퍽' 하는 소리와 함께 연기가 되어 사라졌다.

동시에 야현은 천천히 고개를 돌려 원중을 바라보았다.

팟!

상징적인 의미인 원중을 죽일 필요가 있었다.

빠르게 그와 거리를 좁히는 가운데 한 그림자가 야현 앞을 막아섰다.

팡!

야현은 묵직한 권강을 주먹으로 파쇄하며 자리에 섰다.

"음?"

야현은 앞을 가로막고 선 젊은 무승을 바라보았다.

묵빛 승복.

흑림의 무승이리라.

야현의 시선을 사로잡은 이유는 단순히 그가 흑림 무승이라서가 아니었다. 그의 몸에서 느껴지는 기운이 상당했던 것이었다.

야현은 고개를 돌려 일암의 핏자국을 잠시 바라보며 피식 웃음을 터트렸다.

그 웃음을 유지하며 다시 젊은 무승, 백료를 쳐다보았다.

"소림은 그래도 소림인가요?"

야현은 백료를 직시하며 입을 열었다.

"호랑이 새끼를 키우고 있었군요. 아니, 아니야. 승천하지 못한 이무기가 더 잘 어울리겠군."

야현은 곧바로 말을 정정하며 등에 다시 날개를 펼쳤다.

"전이라면 그대에게 삶의 온정을 베풀었겠지만 아쉽게도 지금은 그리하지 못하는군요. 아쉽습니다, 그대가 얼마나 성장할 수 있을지 보지 못해서."

날갯짓에 야현의 몸이 허공으로 살짝 떠올랐다.

"대신 본인의 모든 힘을 보여주겠습니다. 현재 그대에게 베풀 수 있는 최상의 온정입니다."

"닥쳐라!"

백료는 야현의 말을 잘라버리고는 두 다리를 땅에 박듯 굳건하게 서며 합장을 취했다.

"크하앗!"

그의 몸에서 기운이 끓어올랐다.

이어서 백료는 주먹을 쥐며 엄지손가락을 세웠고, 엄지손가락이 단전을 찍어가려할 때였다.

"사숙, 아니 됩니다!"

원중이 다급히 뛰어와 백료의 양손을 움켜잡았다.

"사숙은 본문의 마지막 보루이옵니다. 이곳과 사숙조의 복소는 빈승에게 맡기시……."

다급히 백료를 말리는 원중의 말에 야현의 미간에 주름이 깊게 팼다.

파앙!

날갯짓 한 번에 야현은 원중과의 거리를 단번에 좁혔다.

퍼석!

그리고 단숨에 주먹으로 원중의 머리를 부숴버렸다.

소림사 방장으로서 허망한 죽음이 아닐 수 없었지만 야현에게 지금 중요한 것은 그가 아니었다.

또 다른 씨앗이 될 수 있는 백료, 바로 그였다.

야현, 그리고 백료.

둘의 얼굴에 원중의 피가 후드득 튀었다.

히죽, 야현이 피 묻은 백료를 보며 웃음을 지었다.

원중의 죽음, 동문 수장이 허망하게 죽음을 맞이했다.

다른 이도 아니고 바로 자신을 위해서, 소림사의 미래를 위해서. 그럼에도 백료는 그 어떤 동요도 보이지 않았다.

마음의 수양이 깊어서인가, 라고 묻는다면 단연코 아니라고 말할 수 있다.

왜냐하면.

백료의 시선이, 그의 표정이 말해주고 있었다.

싸우고 싶다.

오로지 싸우고 싶다.

죽어도 좋으니 싸우고 싶다, 라고.

"그대는 전사로군요."

백료가 나선 것은 소림사가 침범을 당해서가 아니었다.

그의 스승인 일암이 죽어서도 아니었다. 눈앞에 수많은 동문 제자들이 죽어서도 아니었다.

순수하게 싸우고 싶어 나선 것이었다.

백료는 야현의 말에 눈빛이 흔들렸지만 부정하지 않았
다.

무언.

그러나 그것보다 더 확실한 대답은 없었다.

팍팍팍팍!

백료는 엄지손가락으로 단전으로부터 시작해 백회혈까
지 빠르게 혈도를 짚었다.

쏴아아아아!

백료의 내력이 일암이 그랬던 것처럼 폭발하듯 증폭되었
다.

"시주와의 싸움이 빈승의 첫 싸움이자 마지막 싸움일 듯
하오."

"슬픈 인생이로군요."

"이 싸움으로 살아온 인생을 증명할 것이오."

"사내의 기강은 예를 다해 받아줘야 하는 법."

야현은 뒤로 물러나 우아하면서도 절도 있게 허리를 숙
여 예를 취했다.

"암흑제국 황제 야현이라 하오."

그리고 허리를 폈다.

"황제……."

"그대의 목숨을 기꺼이 받겠소이다."

"고맙소. 빈승도 그대의 팔 하나 정도는 가지고 가려 하오."

"기대하겠소."

그 말이 떨어지기가 무섭게.

"하앗!"

백료는 크게 진각을 밟으며 일권을 내질렀다.

그 수를 예상을 하고 있었던 듯 야현은 즉시 그에 맞춰 주먹을 휘둘렀다.

콰광!

두 주먹이 부딪히며 상당한 폭음을 만들어냈다.

"큭!"

두 주먹이 만들어낸 충격의 반발력에 의해 백료의 몸이 뒤로 주르르 밀렸다.

팡!

백료는 뒷발로 땅을 단단히 내디디며 다시 야현을 향해 일권을 내질렀다.

"……!"

동시에 백료의 눈이 부릅떠졌다.

눈앞에 서 있던 야현의 신형이 그 자리에서 사라졌기 때문이었다.

'이형환위?'

백료는 다급히 양팔을 교차시키며 몸을 틀었다.

쾅!

묵직한 충격에 백료의 몸이 뒤로 날아갔다.

"타핫!"

백료는 허리를 틀어 몸을 바로잡으며 바닥에 내려섰다.

"……!"

그런 그의 눈 바로 앞에 야현이 서 있었다.

"차핫!"

백료는 반사적으로 야현의 턱을 향해 발을 차올렸다.

야현은 가볍게 고개를 틀어 그의 발을 피하며 배에 주먹을 꽂았다.

쩡—

"꺼억!"

단전이 흔들린 듯 백료는 피를 토하며 허리를 접었다.

쾅!

야현은 손날로 그의 뒷목을 내려쳤다.

그 충격에 정신을 잃은 듯 바닥으로 쓰러지는 백료를 야현이 빠르게 팔을 뻗어 부축했다.

"카이만."

"우히히히."

"잘 보관해. 한 번 더 보고 싶으니까."

카이만이 정신을 잃고 쓰러진 백료를 건네받으며 로브 자락을 휘저어 그의 몸을 감쌌다.

팍!

희미한 빛무리와 함께 백료가 사라졌다.

야현은 몸을 돌려 전장을 향해 소리쳤다.

"뭣들 하나?"

야현의 나직한 말에.

"죽여라!"

다시 군령이 떨어졌고.

"우와아아아아아!"

"크하아아앙!"

잠시 멈췄던 싸움이 다시 시작되었다. 아니, 살육이 다시 시작되었다. 그렇게 소림사의 빈터는 붉게 적셔졌다.

* * *

"답답하군."

당림은 보고서를 덮으며 중얼거렸다.

개방이 전서구를 통해 보내온 보고서를 내려다보며 미간을 찌푸렸다.

느리다.

갑갑할 정도로 모든 것이 느려졌다.

사천당문이 야현의 가신 가문이 되며 자연스레 마법이라는 이능력을 접했다.

그중 당림이 가장 놀란 것은 다름 아닌 통신과 진법을 이용한 순간 이동이었다.

사람은 적응의 동물이라고 했던가?

엄청난 충격을 안겨주었던 통신과 순간 이동진을 어느 순간부터 당연하다는 듯 이용해왔다.

처음부터 자신의 것이었던 것처럼 말이다.

야현과 적이 되는 순간 그 둘이 사라졌다.

당연한 것이 사라진 후 돌아온 것은 지독한 불편함이었다.

실시간으로 오가던 보고와 명령이 몇 날 며칠이나 걸렸다.

다만 그뿐이면 참겠으나 전서구의 특성상 모든 보고와

명령이 오가지도 않았다.

재차 보고와 명령을 확인하니 그 시간은 더욱 늘어났다.

당림의 시선이 다시 개방의 보고서로 향했다.

보고서에서는 하오문 다수의 지부를 찾아냈으며 한날한 시에 급습 일제히 일망타진하겠다는 보고였다.

조금 전 자신의 책상에 올라온 보고서였다.

보고서를 쓴 날짜는 삼 일 전이었다.

"훗!"

미간을 찌푸린 채 한참 동안 보고서를 내려다보던 당림 이 피식 웃음을 터트렸다.

한편으로 의미 없는 고민이라는 생각이 들어서였다.

개방을 부추긴 것도 자신이었고, 사천당문 제자들마저 미끼로 던질 마당에 개방이야 야현의 손에 멸문하든 말든 별로 상관이 없었다.

이 싸움의 핵심은 자신과 야현이었다.

야현만 죽이면 된다.

그만 죽이면 모든 것을 잃어도 모든 것을 얻게 된다.

"마법이라……."

모든 것을 가지지 못해도 그것만은 가지고 싶다는 생각 이 들었다.

"매, 맹주님."

맹주실로 문사 차림의 중년인이 사색이 된 얼굴로 헐레
벌떡 뛰어들어 왔다.

새롭게 개편한 무림맹 정보기관인 천안각 각주였다. 제
갈세가와 제갈지소의 입김이 닿지 않은 자로 뽑다 보니 무
공의 무 자도 모르는 문사가 각주로 임명된 것이었다.

"무슨 일입니까?"

"그, 그것이⋯⋯."

얼마나 숨차게 뛰어왔던지 가쁜 숨에 좀처럼 말문을 열
지 못했다.

당림이 손을 저어 온화한 내력으로 그의 몸을 보듬어주
자 천안각주의 숨은 빠르게 안정을 찾아갔다.

"그제 숭산과 무당산에 거대한 화마가 일었다고 하옵니
다."

"흠."

당림의 눈이 가늘어졌다.

"그제라 했습니까?"

"그러하옵니다."

당림의 눈이 책상에 올려진 보고서로 향했다.

삼 일 전 개방이 하오문을 쳤다.

그리고 이틀 전 소림사와 무당파가 자리한 숭산과 무당산에서 거대한 화마가 일었다.

'역시나⋯⋯.'

"맹주님?"

천안각주의 부름에 당림은 상념에서 깨어났다.

"소림사와 무당파는 어찌 되었습니까?"

솔직히 물어보나 마나 한 질문.

"며, 멸문⋯⋯."

천안각주는 담력이 약한 듯 자연스레 당림의 눈치를 보며 말을 끝까지 잇지 못하고 흐렸다.

"그 사실을 아는 이는 누구입니까?"

"상황이 상황인지라 일단 함구령을 내려놓았습니다."

"잘하셨습니다."

당림은 고개를 끄덕이며 질문을 이었다.

"개방에 대해 들어온 소식은 없습니까?"

"특별한 것은 없습니⋯⋯, 그리고 보니⋯⋯."

"조금이라도 이상한 점이 있다면 말하세요."

"어제 저녁부터 개방의 보고가 올라오지 않고 있습니다."

개방도 소림사와 무당파처럼 무너졌으리라.

"알겠습니다. 그만 나가보세요."

"충!"

천안각주는 어정쩡한 목소리와 자세로 군례를 취한 후 맹주실을 빠져 나갔다.

악재임에도 당림의 입가에는 미소가 살짝 지어지고 있었다.

소림사와 무당파가 완전히 멸문한 것을 보면 야현을 확실히 자극한 모양이었다.

톡톡톡!

당림은 의자 팔걸이를 손가락으로 톡톡 치며 생각에 잠겼다.

'제 발로 찾아오기 위해서는 좀 더 자극이 필요한데.'

"흠!"

당림은 깊은 침음성을 삼켰다.

'모용란?'

그런 그의 머릿속을 모용란이 스치고 지나갔다.

"흠."

다시 이어진 침음성.

야현은 사랑과는 거리가 멀다.

그러나 제 사람은 끔찍이도 위한다.

'일단 찔러보는 것도 나쁘지 않겠군.'

당림은 밖을 향해 누군가를 불렀다.

"아무도 없느냐?"

"하명하시옵소서."

녹암단 무사가 안으로 들어왔다.

"지금 당장 청룡단주를 비롯한 사방단 단주들을 불러주세요."

"명!"

녹암단 무사가 밖으로 나갔다.

그 시각.

자금성 내 한적한 후원.

정자에 황제 주치와 북진무사이자 하북팽가 가주 팽일로가 함께 자리하고 있었다.

달그락.

팽일로는 찻잔을 내려놓는 상선 이윤을 잠시 쳐다본 후 시선을 좀 더 먼 곳으로 돌렸다.

금의위들이 정자에서 멀찌감치 떨어져 경계를 서고 있었다.

황제의 뜻에 따라 금의위들을 멀찍이 떨어뜨려 놓은 것

이었다.

"들게나."

"예, 폐하."

황제와의 독대라니.

'무슨 말씀을 하시려고.'

남들의 시선은 중요하지 않다.

북진무사와 남진무사가 통합되며 팽일로는 수장 자리에 올랐다.

진무사라는 이름으로 팽일로는 북경과 자금성의 군권과 사법권을 손에 쥐었다.

적어도 북경과 자금성 안에서 그의 힘을 넘볼 수 있는 이는 없었다.

있을 난적이라면 동창인데 그 수장이 이윤이니.

다만 독대를 할 만큼 중한 사정이 있다는 것이 마음에 걸릴 뿐이었다.

차 맛을 음미할 수 없을 정도로 무의미한 시간이 흐르고.

달그락.

찻잔이 만들어낸 파음에 팽일로는 빠르게 상념에서 벗어났다.

"팽 진무사."

"예, 폐하."

"하북팽가가 예부터 무림과 밀접한 관계를 나누고 있다지요?"

"그러하옵니다."

팽일로의 머릿속에는 수많은 생각이 빠르게 지나갔다.

현재 무림은 복잡한 상황이다.

"만약에 말이야."

타오르는 듯한 주치의 시선에 팽일로는 허리를 펴 자세를 고쳐 앉았다.

"짐이, 아니 그대가 금의위를 이끌고 무림맹과 싸운다면 확실히 무너트릴 수 있겠는가?"

"예? 화, 황송하옵니다."

너무 놀라 해서는 안 될 반문을 했고, 팽일로는 황급히 허리를 숙여 사죄의 말을 올렸다.

"괜찮네. 그런 말을 듣자고 자네를 부른 것이 아니야. 짐의 물음에 솔직히 답해주기를 바라네."

"할 수 있사옵니다."

"피해도 크겠군."

주치는 팽일로의 표정에서 다른 부분을 읽어냈다.

"이러한 말씀을 올리기에 너무나도 황망하오나 무림은

또 다른 제국이라 보아도 무방하옵니다."

"제국 속에 또 다른 제국이라."

"할 수는 있사오나 그 피해는 소신으로도 짐작할 수 없을 정도로 클 것이옵니다."

"그렇군."

주치가 고개를 끄덕이며 식은 찻잔을 비워냈다.

"누군가가 짐에게 이런 말을 했네."

"······."

"무림이 지워지기를 바라면 지워 주겠노라고."

"······!"

너무 놀란 나머지 팽일로의 눈이 부릅떠졌다.

하북팽가는 비록 무림에 온전히 발을 걸치고 있다 하지 않더라도 항상 귀를 열어두고 있다. 그리고 현재 무림에는 자신이 봐도 이해가 가지 않을 정도로 거대한 폭풍이 일고 있었다.

"서, 설마······."

그리고 평소 하지 않는 행동까지.

"야 공."

주치가 조용히 고개를 끄덕였다.

"그렇군요. 그래서 지금 무림이······."

팽일로의 안색이 심각하게 굳어졌다.

"그 친우가 짐에게 그랬네. 원하면 무림을 없애주겠노라고."

"소신 황망하오나 폐하께 한 물음 올리겠나이다. 하여 뭐라 답하셨나이까?"

"답하지 않았다."

"답만 하지 않으셨군요."

팽일로의 허심탄회한 말에 주치가 쓴웃음을 슬쩍 지었다.

"하여 감히 폐하께 다시 묻겠사옵니다. 무엇을 걱정하시는 것이옵니까?"

"짐도 어쩔 수 없는 인간인 모양이야."

둘러 말했지만 주치의 말은 확실히 누군가를 지목하고 있었다.

그건 바로 야현이었다.

"분명 현이는 짐이 언질을 하면 무림을 지울 것이야."

"또 다른 황제가 탄생하겠군요."

팽일로의 말에 주치가 고개를 끄덕였다.

"짐은 야현에게 밤을 가져도 좋다고 약속했지."

팽일로의 몸이 굳어졌다.

"사실 줘도 상관없네. 짐이 기꺼이 등을 내어줄 수 있는 친우이기에, 짐은 여전히 야현을 믿네."

앞뒤가 맞지 않는 말.

"믿어. 그 녀석과 함께 있으면 편하지. 또한 즐겁고, 든든하지."

"그러하온데 어찌……."

"그런데 거슬려. 그의 힘이, 그의 자신감이."

"폐하."

팽일로가 강한 어조로 주치를 불렀다.

"말하게."

"원하시는 바가 무엇입니까?"

"원하는 바라……."

주치는 고개를 들어 하늘을 올려다보았다.

팽일로는 고뇌하는 주치의 얼굴에서 답을 들었다.

*   *   *

"뭐라?"

야현의 말이 날카롭게 변했다.

"모용세가가 무림맹의 공격을 받아?"

"그러하옵니다."

"그 이유가 천하를 전복을 꾀하는 암중세력과 손을 잡아서이고."

"그렇사옵니다."

흑오의 보고에.

"크하하하하하!"

야현이 대소를 터트렸다.

"무림맹에 상당한 무인들이 모였겠군."

"그렇습니다."

"불쌍한 방패막이들이로군."

야현은 흑오의 보고를 통해 당림이 무엇을 원하는지 확실히 알았다.

"오라는데 가야지."

야현이 자리에서 일어났다.

"이후 작전은 폐기한다. 전 병력 대기시켜. 무림맹을 친다!"

"명!"

촤아아아악!

흑오의 복명을 들으며 야현은 공간을 찢었다.

찢어진 공간 너머로 아수라장으로 변한 모용세가 대장원

이 보였다.

야현은 단숨에 허공을 넘었다.

*   *   *

"네놈이 어찌 이럴 수 있느냐?"

모용세가 가주 모용곽이 핏발이 선 눈으로 청룡단주를
바라보며 소리쳤다.

"암중의 주구가 된 그대들을 탓하시오, 모용 가주."

"암중이라니! 도대체 우리가 손잡은 주구가 누구란 말이
냐!"

"발뺌해 봐도 소용없소이다."

"잔말이 너무 많소이다. 내 오늘 부처님의 노여움을 사
더라도 반드시 스승님과 사형제들의 복수를 할 것이다!"

둘 사이에 검은 승복을 입은 승려가 끼어들었다. 그는 승
려답지 않게 원한 가득한 목소리로 모용곽을 향해 살심을
드러냈다.

그 승려는 주작단주로 무림맹에 파견 나와 화를 면한 소
림사 백팔나한 굉호였다.

"맞소이다! 파렴치한 모용세가를 용서하지 못하오!"

굉호를 거드는 이가 있었으니.

백호단주 현진이었다.

그 역시 멸문한 무당파 무당소칠자 중 일인이었다.

"무, 무슨 말을 하는 것인가? 복수라니?"

"정녕 시치미를 떼려는 것인가?"

"무슨 소리를 하는 것이냐고 물었다!"

영문을 알 수 없는 모용곽이 결국 노여움을 터트렸고.

"긴말 필요 없소이다."

"맞소!"

굉호와 현진이 뜻을 함께하며 동시에 검을 뽑아들었다.

"정파의 의기가 살아 있음을 만방에 알려라. 쳐라!"

"문의 복수다! 문도들의 복수를 하라!"

둘은 울분을 토하듯 명령을 내렸고.

"죽여라!"

"정파의 탈을 쓴 간악한 놈들! 죽어라!"

"우아아아아!"

소림사와 무당파, 그리고 앞서 멸문에 가까운 피해를 본 곤륜파와 아미파, 황보세가 출신 무인들이 앞다퉈 살수를 뿌리기 시작했다.

"으아악!"

"끄악!"

고즈넉하고 평화롭던 모용세가가 단숨에 처절한 전장으로 바뀌어버렸다.

그리고 피비린내가 자욱해질 무렵.

우르르르르—

청명한 하늘에 천둥소리가 울려 퍼졌다.

고막을 찢을 듯한 굉음에 처절한 칼부림이 잠시 멈추고 모든 이의 시선이 하늘로 향했다.

우르르르르—

번개를 동반한 구름이 청명한 하늘을 뒤덮고 있었다.

그런데 구름의 색이 하얗지도, 그렇다고 검은 먹구름도 아니었다.

붉었다.

마치 용암을 보는 듯 붉었다.

툭!

붉은 구름에서 빗물 한 방울이 떨어졌다.

우연히도 그 빗물이 한 사내의 머리 위로 떨어졌다.

"음?"

의아한 반응을 보이기가 무섭게.

"끄아아악!"

빗물 한 방울을 맞은 사내의 몸이 녹아내리기 시작한 것
이었다.

"비, 빗물이 아니다!"

"부, 불? 불?"

그제야 무인들은 하늘에 뜬 구름의 정체를 알아차렸다.

그건 바로 불, 화운(火雲)이었던 것이었다.

투둑— 투두둑!

점차 바닥으로 떨어지는 빗물의 수는, 아니 불덩이의 수
는 급격히 늘어나기 시작했다.

화르르르르륵!

〈다음 권에 계속〉